Annette G. Krupka

Weihnachtsmanntod

19 Fall um Katherina "Kate" Schulz

Impressum

© 2023 Annette Gisela Krupka
Herstellung und Verlag: BoD – Books on Demand,
Norderstedt
ISBN 9783757881665

Das Buch

Der erste Advent und damit die alljährliche Eröffnung des Plauener Weihnachtsmarktes steht bevor, als ausgerechnet der Weihnachtsmann, in Person von Karlheinz Felber, erkrankt. Schnell muss Ersatz gefunden werden und Friedrich Mollenhauer erklärt sich spontan bereit, für Felber einzuspringen. Aber auch Mollenhauer erscheint nicht wie vereinbart am Besucherbergwerk Ewiges Leben und der Lichtl´umzug muss ohne ihn stattfinden.

Erst als die Pyramide auf dem Altmarkt sich beleuchtet in Bewegung setzt, taucht Rentner Mollenhauer auf, tot im Weihnachtsmannkostüm auf der Pyramide.

Nicht nur Professor Omar Amri ist unfreiwillig mit seiner Familie als Erster zu Stelle, sondern auch Hauptkommissar Mike Köhler und Kate Schulz.

Kapitel 1

Mike streckte sich und gähnte herzhaft. Er hatte das Gefühl überhaupt nicht geschlafen zu haben, was nicht stimmte.

Seine Uhr neben dem Bett zeigte 9.00 Uhr und er wollte schon aufspringen, als ihm bewusst wurde, das er diese Woche Urlaub hatte.

Die hatte er sich redlich verdient, zumal die letzten Wochen sehr turbulent waren, weil ein Feuerteufel Plauen in Atem gehalten hatte. Glücklicherweise war es ihnen gelungen ihn auf frischer Tat zu ertappen und er war dann auch allumfassend geständig gewesen. Wobei damit wieder einmal ein Klischee bedient wurde, der junge Mann war seit einigen Jahren ein sehr geschätztes Mitglied der freiwilligen Feuerwehr und immer einer, der als erstes am Brandgeschehen war.

Plötzlich zog Mike die Nase kraus. War es die Erinnerung an die Brandruinen, die in ihm diesen Geruch auslösten? Dann stöhnte er leise auf. Nein, Räucherkerzchen, eindeutig. Langsam begab er sich in die sitzende Position und rieb sich mit beiden Händen über das Gesicht.

Als er die Schlafzimmertür öffnete, um ins Bad zu gehen, drang von unten neben dem Räucherkerzenduft leise Weihnachtsmusik an sein Ohr, bei dem eine Stimme mitsummte und er zog die Badtür hinter sich ins Schloss.

Es war der Montag nach Totensonntag und seine Frau vom jährlichen Weihnachtsvirus befallen.

Kate Schulz stand auf der Leiter und versuchte gerade einen Tannenzweig an der Wand zu befestigen, als Mike, halbwegs munter jetzt, in der Bibliothek erschien.

„Hab ich dich geweckt?", fragte Kate, während sie gefährlich auf den Zehenspitzen balancierte.

Mike griff an die Leiter, die bereits zu schwanken begann. „Nein, hast du nicht und kannst du nicht mich das machen lassen?"

Sie warf ihm einen vielsagenden Blick zu, trat aber mit dem Tannenzweig den Rückweg an.

„Also gut", sagte sie, unten angekommen und küsste ihn auf den Mund. „Guten Morgen. Ich hatte vergessen, du hast ja Urlaub und mit Sicherheit ist es dein tiefes Bedürfnis, mir beim Schmücken zu helfen, stimmts?"

Mike drehte die Augen nach oben. „Lieber fahnde ich nach einem Serienmörder, aber habe ich eine Wahl?" Theatralisch seufzend wollte er ihr den Tannenzweig abnehmen, aber sie schüttelte den Kopf. „Ich denke, erst sollten wir frühstücken."

Sie schob ihn in die Küche, wo der Tisch gedeckt war und lediglich eine schlichte Kerze brannte. Er sah auf die frischen Brötchen im Korb.

„Warst du schon joggen?", fragte er, weil sie immer auf dem Rückweg für sie und die Nachbarn je eine Brötchentüte mitbrachte.

„Natürlich", sagte sie und Mike fühlte sich gleich

schlecht. Er bewunderte Kates Disziplin dahingehend, er selbst war da eher nachlässig.

Vielleicht sollte er wirklich diese Woche nutzen und
ins Fitnessstudio gehen.

Aber erst einmal griff er bei den Brötchen zu, immerhin hatte er Urlaub.

„Hast du für diese Woche etwas geplant, ich meine,
außer das gesamte Haus und alles Nebengelass zu
schmücken?", fragte er kauend.

Kate, die gerade ihr Vollkornbrötchen mit Frischkäse
bestrich, grinste ihn an. „Am Donnerstag ist der
Lichtl´umzug und ich dachte, wir gehen mit unseren
Patenkindern und deren Eltern hin?"

Es war Mike unschwer anzusehen, was er von dem
Vorschlag hielt, aber er nickte ergeben.

„Machen wir. Ist sowieso ganz großer Bahnhof angesagt."

Kate sah ihn erstaunt an. „Wieso?"

Er zuckte leicht die Schultern. „Der Ministerpräsident
kommt und eröffnet den Weihnachtsmarkt gemeinsam mit dem Oberbürgermeister. Es ist geplant, dass
sie den Lichtel´umzug gemeinsam absolvieren. Dann
gibt's paar salbungsvolle Worte, ein kleiner Rund-
gang auf dem Weihnachtsmarkt mit Gesprächen bei
ausgewählten Budenbesitzern und das war`s."

Kate lächelte. „Kurzum, das übliche Programm. Habt
ihr damit was zu tun?"

Mike schüttelte den Kopf. „Nein. Er hat ja seine übli-
chen Sicherheitsleute und die Polizei sichert eh die
Wegstrecke ab, die Stadt und ihr Ordnungsdienst

den Weihnachtsmarkt."

Kate schenkte ihm noch einen Kaffee ein.

„Und dann ist aufräumen angesagt", wechselte sie wieder zum ursprünglichen Thema. „Denk daran, nächste Woche kommt meine Familie aus Israel und diesmal neben meiner Tante auch meine drei Cousins und ihre Ehefrauen. Auch wenn Omar und Jasmin sich bereit erklärt haben, einen Teil einzuquartieren, sind unsere zwei Gästezimmer ausgebucht. Also." Sie öffnete beide Hände.

Mike stieß langsam die Luft aus, sagte aber nichts.

Kate sah ihn aufmerksam an. „Passt es dir nicht, dass meine Familie kommt? Warum hast du nicht eher etwas gesagt?"

Langsam schob er seinen Teller mit dem angebissenen Brötchen von sich und nippte an seinem Kaffee. „Das ist es nicht", murmelte er mehr zu sich selbst.

„Also?", fragte sie nach, nicht willens, locker zu lassen.

„Meine Mutter fährt wieder zu meiner Schwester nach Holland, sie hat nicht einmal gefragt, ob wir Weihnachten zusammen verbringen wollen, dabei hat sie früher…" Er winkte ab und schwieg.

Kate legte ihr Brötchen ebenfalls auf den Teller zurück und lehnte die Arme auf den Tisch.

„Du weißt aber schon, dass es meine Schuld ist?", sagte sie und Mike warf ihr einen Blick zu. Er wollte schon den Kopf schütteln, aber unterließ es.

„Deine Mutter mochte mich von Anfang an nicht, ganz gleich, wie sehr ich mich auch bemüht habe. Sie gab mir immer das Gefühl, als sei ich die Frau, die ihr ihren Jungen weggenommen hat, der jetzt keine Zeit mehr für sie hat und so weiter."

Mike antwortete nichts.

Kate lehnte sich auf dem Stuhl zurück und zog ihren Teller wieder zu sich heran. „Ich habe irgendwann aufgehört, mich um sie zu bemühen. Vielleicht hätte ich hartnäckiger bleiben sollen, ich weiß es nicht. Aber das ist der Grund, glaub mir."

Sie kaute langsam weiter, bis Mike sie anlächelte.

„Ich bin einfach ein bisschen neidisch auf deine Familie, das ist kindisch, aber allein deine Tante ist von so einer umwerfenden Herzlichkeit wie sie mir noch nicht begegnet ist."

Kate erwiderte sein Lächeln. „Ja und denke immer daran, wie viele Jahre ich gar keine Familie mehr hatte."

Er schloss kurz die Augen. „Ich bin ein Idiot", sagte er leise und Kate lachte laut auf. „Ach was. Jetzt kommen sie, ich freue mich und wir machen das Beste daraus, okay?"

Mike nickte erleichtert, dass seine Frau so über seine mangelnde Sensibilität, dieses Thema betreffend, hinweg ging.

Schließlich erhob sie sich. „So, und wie war das jetzt mit dem Tannenzweig?"

Er hob die Hände. „Ich opfere mich", sagte er und folgte ihr in die Bibliothek.

Kapitel 2

„Na, das nicht einmal der Weihnachtsmann dabei war, das ist schon schwach", moserte Professor Omar Amri, der den Zwillingssportwagen in Richtung Altmarkt schob, vor und hinter sich eine ganze Schar von Kindern unterschiedlicher Altersstufen, begleitet von Eltern, Großeltern oder anderen Verwandten und Bekannten, bewaffnet mit kleineren und größeren Lampions.

„Dafür haben wir das Christkind gesehen, nicht wahr?", erwiderte seine Frau und strich den Zwillingen Franz und Emma über die bemützten Köpfe.

„Wo ist das Christkind?", fragte Emma und versuchte sich weit nach vorn zu beugen.

„Bleib sitzen", ermahnte sie ihr Vater streng, aber die Unterlippe der kleinen Dame begann bereits verdächtig zu zittern.

„Wir sehen es doch gleich noch einmal, ganz fest versprochen", sagte Kate und drückte Emma sanft, aber bestimmt ins Polster zurück. Die Kleine sah zu ihr auf. „Wahr?", fragte sie, ihr neuster Ausdruck für alles, was sie irgendwie in Frage stellte.

Kate hob den Daumen. „Wahr."

Emma kicherte und stupste ihren Bruder an, der nur missmutig knurrte. Franz war müde und für solche Scherze nicht aufgelegt.

Kate legte die Hand ganz zart auf Emmas Ärmchen.

„Aber wir müssen ganz leise sein, sonst fliegt das Christkind weg."

Die großen, dunklen Augen leuchteten zu ihr auf.

„Ja", flüsterte sie und kuschelte sich tiefer in das Polster des Wagens.

„Danke", murmelte Jasmin und Kate zwinkerte ihr zu. „Wozu gibt es denn eine Patentante?"

Inzwischen waren sie am Altmarkt angekommen, der noch etwas im Dunklen lag. Gleich würde die Pyramide und der Weihnachtsbaum beleuchtet werden und damit der Weihnachtsmarkt offiziell eröffnet. Omar steuerte souverän den Zwillingswagen ganz nach vorn, gefolgt von Jasmin, Kate und Mike.

Es gab zwar ein paar leise Proteste, aber immer, wenn sich Omar mit seiner imposanten Erscheinung nach den Betroffenen umwandte, sagte niemand mehr etwas.

Der Oberbürgermeister, der neben dem Ministerpräsidenten auf der kleinen Bühne stand, sprach ein paar Worte und dann verkündete das Christkind, unter dem lauten Jauchzen von Emma, den Weihnachtsmarkt als eröffnet.

Sogar Franz ließ sich zu einem „Och", hinreißen, als der Weihnachtsbaum funkelte und sich die Pyramide zu drehen begann.

„Guck mal Mutti, da ist ja der Weihnachtsmann", rief ein Kind aus der zweiten Reihe und Kate folgte mit ihren Blicken dem ausgestreckten Finger des Jungen. Auch Mike, der direkt neben Kate stand, sah jetzt von seinem Smartphone auf und folgte dem Blick seiner Frau, die neben ihm plötzlich ihre Körperhaltung veränderte.

„Mist", sagte sie leise, aber hörbar und sprintete los.
Der große Stromverteilerkasten war direkt vor ihr
und ein Securitymitarbeiter stand unmittelbar dane-
ben. „Abschalten, sofort abschalten", schrie sie den
Mann an, der sie völlig verdutzt anstarrte.

„Hauptkommissar Köhler, Kripo Plauen. Schalten sie
die Pyramide ab."

Mike war neben ihr aufgetaucht und hielt dem Mann
seinen Dienstausweis unter die Nase.

Dieser stieß die Luft aus, stammelte etwas und fuhr
zusammen, als Kate ihn anbrüllte „Ausschalten, verdammt noch mal."

„Ist ja gut", brummte er und kam endlich der Auffor-
derung nach.

Zu spät. Eine Frau schrie völlig hysterisch auf und
ein Mann rief, indem er auf den Weihnachtsmann
zeigte, der zusammengesunken an einer Holzfigur
lehnte: „Du Sau, der is' tot."

„Manchmal frage ich mich, warum das immer uns
treffen muss", murmelte Jasmin, der Omar schweigend den Kinderwagen in die Hand gedrückt hatte
und auf die Pyramide zu rannte.

Kapitel 3

Omar schwang sich auf den Sockel der Pyramide, der bedenklich knarrte unter dem Gewicht des Rechtsmediziners. Er nahm langsam die Weihnachtsmannmaske ab und sah in offene Augen, deren Hornhaut getrübt und trocken war. Dann stieg er mit Mikes Hilfe langsam wieder herunter.

„Ruf die Spurensicherung. Er wird wohl kaum da hochgeklettert sein, um dann eines natürlichen Todes zu sterben."

Mike sah ihn an. „Mord?"

Der Pathologe zuckte die massigen Schultern. „Mord, Totschlag, was weiß ich, aber mein Instinkt sagt mir, es war ein Gewaltverbrechen. Wenn ich ihn auf meinem Tisch habe, sage ich dir Näheres."

Eine Frau mittleren Alters kam zu ihnen heran. Sie trug einen dicken Wintermantel und eine Mütze, deren bunte Bommel irgendwie deplatziert an diesem Ort wirkte. Mike, der inzwischen den anwesenden Securitydienst kurzerhand mit der Absperrung des Tatortes beauftragt hatte, sah, wie sie eben jene durchbrechen wollte und hektisch auf ihn zeigte.

„Was ist denn?", fragte er unwillig und ging zu der provisorischen Absperrung. Erleichtert sah er die Spiegelung von Blaulichtern von der Marktstraße herankommend. „Sind sie hier der leitende Ermittler?", fragte ihn die Frau.

Das er noch Urlaub hatte, war jetzt uninteressant. „Ja, Hauptkommissar Köhler."

Sie streckte ihm eine behandschuhte Hand entgegen, zog sie dann aber wieder zurück. „Karina Mädler, ich bin die Pressesprecherin. Wie wollen wir jetzt weiter verfahren? Der Herr Ministerpräsident und auch der Herr Oberbürgermeister möchten informiert werden, immerhin steht der obligatorische Gang über den eben eröffneten Weihnachtsmarkt noch aus. Der Herr Ministerpräsident möchte mit einigen Standbesitzern sprechen. Könnte das hier nicht im Sinne…"

Sie wich unwillkürlich zurück, als Omar neben Mike trat und sie grimmig ansah.

„Da oben ist ein toter Mensch. Er verdient unseren Respekt, indem wir schnell aufklären, was mit ihm geschehen ist. Die Befindlichkeit des Herrn Ministerpräsidenten oder des Herrn Oberbürgermeisters, ist mir, gelinde gesagt, scheißegal. Das können sie ihnen gern ausrichten."

Mike musste sich unwillkürlich ein Lächeln verkneifen und sah aus dem Augenwinkel, wie die Spurensicherung unter der Leitung von Karsten Windisch ihr gesamtes Equipment im Schatten des alten Rathauses auslud. Dann wandte er sich wieder der sichtlich empört nach Luft schnappenden Pressesprecherin zu.

„Das ist eine Unverschämtheit. Wer sind sie überhaupt?"

„Das ist Professor Doktor Omar Amri, unser Rechtsmediziner und ich habe seinen Worten nichts hinzuzufügen", griff hier Mike ein, der eine Eskalation der Auseinandersetzung fürchtete, wenn er Omars Miene sah.

„Der Herr Professor hat recht, dieser tote Mensch verdient unseren Respekt", sagte eine Stimme hinter der Frau und sowohl sie als auch Mike und Omar fuhren herum und sahen den Ministerpräsidenten, der, umringt von seinen Sicherheitsbeamten, hinter ihnen stand.

Er streckte Omar die Hand entgegen, die dieser, ohne zu zögern, ergriff. Dann verfuhr er ebenso mit Mike.

„Herr Hauptkommissar, was kann ich, was können wir tun, um ihre Arbeit zu unterstützen?", fragte er schlicht und sah seinem Gegenüber in die Augen.

Mike ließ seinen Blick kurz schweifen.

„Es wäre gut, wenn sie ein paar Worte sagen könnten und begründen, warum der Weihnachtsmarkt unter diesen Bedingungen heute nicht eröffnet werden kann. Wer etwas gesehen hat, sollte sich schnell mit uns in Verbindung setzten. Ich habe bemerkt, dass viele fotografiert und gefilmt haben, vielleicht sogar schon bevor der Umzug hier eingetroffen ist."

Der Ministerpräsident nickte und deutete seinen Begleitern, dass sie zu der kleinen Bühne zurückkehren sollten. Er kletterte behände hinauf, sagte ein paar Worte zu dem Oberbürgermeister, der im Gespräch mit mehreren Mitarbeitern war und trat schließlich an das Mikrophon.

„Liebe Bürgerinnen und Bürger von Plauen. Sie, wir, haben uns heute hier eingefunden, um einen schönen und stimmungsvollen Abend zu begehen, die gemeinsame Eröffnung des traditionellen Plauener Weihnachtsmarktes. Nun ist ein Mensch hier zu Tode gekommen, die Umstände dazu sind noch unklar, aber die Kriminalpolizei hat bereits die Ermittlungen aufgenommen, wie sie alle unschwer sehen können. Sie werden verstehen, dass unter diesen traurigen Umständen es nicht möglich ist, einfach so fortzufahren, als wäre nichts geschehen. Daher werden wir, dies erfolgt natürlich auch in Abstimmung mit ihrem Oberbürgermeister, die heutige Eröffnung des Weihnachtsmarktes ausfallen lassen."

Ein Raunen ging durch die Menschenmenge. Der Ministerpräsident hob eine Hand.

„Die Kriminalpolizei wird, gemeinsam mit der Stadtverwaltung, zeitnah entscheiden, wann der Weihnachtsmarkt seinen Betrieb aufnehmen wird. Bis dahin bitte ich um ihr Verständnis und ihre Kooperation. Bitte, gehen sie jetzt nach Hause und lassen sie die Polizei ihre Arbeit tun, ohne diese zu behindern. Wenn jemand von ihnen Hinweise hat, Foto- und Filmmaterial des heutigen Abends, bitte, stellen sie diese der Polizei zur Verfügung. Ich danke ihnen."

Er trat vom Mikrophon zurück und reichte dem Oberbürgermeister die Hand. Dann verließ er die Bühne.

„Naja, ich bin ja nicht mit allem einverstanden, was er so macht, aber das heute, Chapeau", sagte Omar leise zu Mike und sah Karsten Windisch, der gerade die Pyramide enterte.

„Ich habe Jasmin und die Kinder mit einem Polizei-auto heimbringen lassen", sagte Mike zu Omar, dessen suchenden Blick er bemerkt hatte.

Der lächelte breit. „Oh, das wird Franz besonders beeindruckt haben", meinte er und Mike schüttelte den Kopf. „Nö, er hat wie immer ein Nickerchen gemacht, während deine Tochter lauthals den Einsatz TÜTATA forderte. Der Kollege hat ihr den Gefallen getan."

Omar nickte. „Ja, ja, soviel zum klassischen Rollenmuster." Dann deutete er auf die Spurensicherung. „Wenn sie fertig sind, kann er gleich rüber zu mir ins Institut. Habt ihr schon einen Namen?"

Mike nickte. „Ja, Friedrich Mollenhauer, 71 Jahre, Rentner, wohnt faktisch um die Ecke, in der Nobelstraße."

Dann sah er, wie Kate einen der Securityleute in seine Richtung wies und ging ihm einen Schritt entgegen. Inzwischen hatten sich die Besucher verstreut, viele, besonders die mit Kindern, hatten den Altmarkt und damit den Weihnachtsmarkt verlassen, aber es gab noch genügend Menschen, die hinter der Absperrung standen und versuchten, nicht nur Blicke auf den Tatort zu erhaschen, sondern auch ihre Smartphones hochhielten.

Auf dem Weg zu dem Securitymitarbeiter hielt Mike einen der uniformierten Polizisten an.

„Seht zu das die Leute verschwinden und sperrt komplett den Weihnachtsmarkt ab, bis hoch zur Marktstraße und von mir aus die halbe Straßbergerstraße dazu. Ich will keine Fotos oder Filmchen in den Netzwerken sehen, wenn wir den Toten bergen."

Der Uniformierte nickte, während sich Mike dem jungen Mann zuwandte, den Kate zu ihm geschickt hatte.

„Frau Schulz sagte, ich soll ihnen gleich erzählen, was vorhin Komisches passiert ist."

Mike nickte und winkte ihn in Richtung Bühne, die jetzt verwaist war, aber sie konnten sich an den Rand setzen.

„Es war kurz vor 17.00 Uhr, also, wo der Lichtel´umzug sich ja langsam in Bewegung hier her setzen sollte, da kam der Weihnachtsmann aus dem Bänkegässchen direkt auf uns zu und sagte, er habe sich verspätet und jetzt sei es höchste Eisenbahn für ihn."

„Moment", unterbrach ihn Mike. „Sie wollen mir sagen, dieser Mann." Er deutete auf die Pyramide, wo sich Karsten und seine Leute bemühten, den Toten langsam nach unten zu bewegen. „Das er kurz vor 17.00 Uhr mit ihnen gesprochen hat?"

Der junge Mann zuckte die Schultern. „Ich war mir sicher, dass er es war, die Größe stimmte. Es war ein Weihnachtsmann und da er sich auszukennen schien, ging ich davon aus, es ist Mollenhauer, die Vertretung von Karlheinz."

Mike hob beide Hände. „Was? Jetzt bitte langsam. Vertretung?"

Der Securitymitarbeiter nickte. „Ja, ursprünglich war ja Karlheinz, Karlheinz Felber für die Rolle vorgesehen gewesen, aber der liegt mit einer heftigen

Magen-Darm-Grippe im Bett und da wurde dieser Mollenhauer engagiert. Kriegen sie mal kurzfristig einen Weihnachtsmann", ergänzte er noch und deutete in Richtung Bänkegässschen. „Und weil der ja in der Nobelstraße wohnt, ähm, ich meine, wohnte, war es mir klar, dass er den Weg nehmen würde. Ich hatte also keinen Grund, misstrauisch zu sein."

Mike versuchte erst einmal, das Gehörte für sich zu ordnen. „Warum waren sie sich trotz der Maskerade sicher, dass es Mollenhauer war?"

Der junge Mann grinste etwas. „Weil er eine Fahne hatte und das nicht zu knapp. Jeder weiß, dass der gern einen kippt." Er deutete eine trinkende Bewegung an. „Ich dachte mir noch, so ein Mist, der kann sich nicht mal zusammenreißen, wenn der Ministerpräsident da ist. Aber außer der Fahne machte er einen recht fitten Eindruck, körperlich zumindest."

Als er Mikes fragenden Blick sah, atmete er tief ein. „Naja, so richtig war er scheinbar noch nicht an Deck. Er drehte sich paar Mal um die eigene Achse, als wisse er nicht so recht, wo lang, da habe ich ihn bis zur Alten Apotheke begleitet und noch gesagt, er solle nicht durch die Stadtgalerie gehen, da würde er nur aufgehalten werden. Meine Kollegen haben sich noch darüber amüsiert, wie ich für den Weihnachtsmann das Kindermädchen spiele."

Mike nickte. „Gut, Herr…" Der junge Mann lächelte. „Entschuldigung, Flach, Robert Flach. Aber ihre Frau kennt mich ja."

Erstaunt, wie gut Kate inzwischen vernetzt war,

nickte Mike. „Kommen sie und ihre Kollegen, die hier vor Ort waren, bitte morgen früh ins Präsidium. Ist das machbar?"

Der junge Mann nickte. Mike verabschiedete sich und ging zu Omar, der gerade dabei war, das Bestattungsunternehmen einzuweisen.

„Es kann sein, dass es hier den Falschen erwischt hat", sagte er zu dem Pathologen, der ihn daraufhin erstaunt ansah.

Mike nickte. „Ursprünglich war ein andere Weihnachtsmann geplant, Friedrich Mollenhauer war nur der Ersatzmann."

Kapitel 4

„Das war es dann mit ruhigem Urlaub", murmelte Mike, während er an der Seite von Mary Struwe das Bänkegässchen in Richtung Nobelstraße hinaufeilte.
„Du hättest doch deinen Urlaub machen können", erwiderte sie zögerlich, scheinbar selbst nicht an die Worte glaubend, die sie sagte.
Mikes Blick, den er ihr zuwarf, sprach Bände. Aber dann erinnerte er sich daran, dass Kate ihm immer wieder gesagt hatte, er solle Mary eine faire Chance geben und sie nicht ständig mit Marianne Jäger, seiner bisherigen Partnerin, vergleichen.
„Ich war nun mal mit Omar unmittelbar vor Ort", sagte er, fast entschuldigend.
Mary nickte. „Klar", sagte sie nur.
Er war froh, als sie das Haus in der Nobelstraße erreicht hatten.
„Wir haben keinen Schlüssel bei dem Toten gefunden", stellte Mike fest und klingelte bei den unmittelbaren Nachbarn Friedrich Mollenhauers.
Mary trat einen Schritt zurück. „Da ist alles dunkel, außer im Erdgeschoss", sagte sie und Mike klingelte dort. Eine Weile tat sich nichts, also drückte er nochmals auf die Klingel.
„Ja doch, eine alte Frau ist doch kein D-Zug", rief es im Hausflur und das Licht ging an.
„Den Ausdruck habe ich ja noch nie gehört", sagte Mary und Mike grinste. „Dazu bist du zu jung", sagte er, als die Haustür geöffnet wurde.

„Was veranstalten sie denn hier für einen Spuk?",
fuhr ihn eine ausgesprochen kleine alte Frau an und
funkelte mit den blauen Augen, die durch ihre Brille
stark vergrößert wurden, die vermeintlichen Stören-
friede wütend an. Mike zückte seinen Dienstausweis.
„Hauptkommissar Köhler von der Plauener Polizei
und das ist meine Kollegin, Kommissarin Struwe.
Können wir hereinkommen?"
„Nein", sagte sie und schlug ihnen die Tür vor der
Nase zu. Mike und Mary sahen sich verdutzt an.
„Was war das denn?", fragte Mike und Mary begann
zu lachen. „Das habe ich auch noch nicht erlebt."
Mike schüttelte den Kopf und legte den Finger wie-
der auf die Klingel. „Das werden wir ja sehen", sagte
er, aber er hatte keinen Erfolg. Nichts regte sich.
Mary zog ihr Smartphone aus der Tasche.
„Ich lasse den Hausverwalter herausfinden, er muss
kommen", sagte sie, als plötzlich wieder Licht im
Hausflur wurde und die Haustür sich erneut öffnete.
Die alte Frau hielt die Tür auf und sah von Mike zu
Mary. „Ja was? Wollen sie jetzt rein oder nicht?",
fragte sie, als sich beide Beamten nicht regten.
„Woher kommt denn jetzt ihr Sinneswandel, Frau
Bachmann?", fragte Mike, der den Namen am Klin-
gelschild abgelesen hatte.
„Ich habe die 112 gewählt und gefragt, ob ihr zwei
echt seid", sagte die alte Dame und schloss die Haus-
tür hinter ihnen.
Mary starrte sie verdutzt an. „Echte was?", fragte sie
und die Frau sah sie geradezu mitleidig an.

„Da warnt ihr immer vor falschen Polizisten und man soll vorsichtig sein und wenn man es ist, ist es auch wieder nicht recht", wetterte sie und deutete auf ihre Wohnungstür. „Na, kommt schon rein."

Mike, dem die Courage der alten Dame gefiel, folgte ihr ins Wohnzimmer, in das auch wenig später Mary trat. Frau Bachmann bot ihnen Platz auf den schon betagten, aber sauber wirkenden Polstermöbeln an und setzte sich selbst auf die Kante eines Stuhles und sah sie interessiert an.

„Frau Baumann, in ihrem Haus wohnt Friedrich Mollenhauer?", begann Mike. Die alte Dame nickte.

„Wann haben sie ihn das letzte Mal gesehen?"

„Heute früh", kam es spontan zurück. „So gegen 8.00 Uhr. Er ist wie immer in die Stadt." Sie zögerte eine Weile, dann sah sie die beiden Beamten über die Brille hinweg an. „Wollen sie mir nicht endlich sagen, was los ist?", fragte sie.

Mike und Mary sahen sich kurz an. Ersterer nickte.

„Herr Mollenhauer wurde heute tot aufgefunden. Es besteht der Verdacht einer Straftat."

Die alte Dame nickte langsam.

„Er wurde also umgebracht, stimmt`s?", fasste sie kurz zusammen und Mary riss die Augen auf, was Mike amüsierte.

„Ja", sagte er knapp.

Frau Bachmann schüttelte langsam den Kopf.

„Seltsam", sagte sie leise. „Ich dachte immer, den bringt mal der Alkohol um."

Kate war nach Hause gegangen und statt die Haustür aufzuschließen, wechselte sie die Straßenseite und klingelte bei Jasmin.

„Tante Kate, Tante Kate."

Wie immer war es Emma, die auf ihre Patentante zueilte, während der wesentlich trägere Franz sich erst zu überlegen schien, ob dieser Aufwand an Bewegung gerechtfertigt war.

Kate schwang ihr jauchzendes Patenkind durch die Luft und setzte sie dann langsam ab.

„Nanu, ihr zwei seit noch gar nicht im Bett?", fragte sie und stemmte die Hände in die Hüften.

Emma kicherte, während Franz entschieden hatte, ebenfalls von seiner Patentante eine Luftschwenkung einzufordern.

Kate tat ihm den Gefallen, um sich anschließend beide Kinder unter je einen Arm zu klemmen und mit ihnen hinauf ins Kinderzimmer zu eilen, was von beiden kreischend und quietschend begleitet wurde.

„So und nun ist Ruhe im Karton", sagte sie gespielt streng, nachdem sie beide in ihre Betten verfrachtet hatte.

„Karton, Karton", kicherte Emma, während Kate die Tür schloss und sich gegen die Wand lehnte.

Jasmin stand auf der Treppe und lachte.

„Na, schon k.o.?", fragte sie und deutete auf die Tür, hinter der jetzt beide Kinder „Karton, Karton", schrien und gegen das Holz ihrer Kinderbetten schlugen.

Kate hob kapitulierend beide Hände und Jasmin riss

die Tür auf. „So, jetzt ist Ruhe, ihr zwei Rabauken, sonst schicke ich Tante Kate nach Hause und sie darf eine Wochen nicht zu uns kommen."

„Neeeein", rief Emma mit weinerlicher Stimme und auch Franz stimmte erst zögerlich, dann kräftig in das Geheule ein.

„Also dann, Ruhe jetzt", sagte Jasmin und schloss die Tür.

„Was, bin ich jetzt ein Druckmittel?", fragte Kate, während sie die Treppe hinunter gingen.

„Natürlich und ich nutze das schamlos aus. Der Entzug ihrer geliebten Tante Kate zieht nämlich fast immer." Jasmin klopfte ihr auf die Schulter und führte sie ins Wohnzimmer. „Setz dich. Einen Tee oder eine Limonade?"

„Limonade", sagte Kate, da sie wusste, dass Omar seine selbstgemachte Kräuterlimonade immer ausreichend im Kühlschrank hatte. Jasmin brachte ihr ein Glas und für sich eine halbvolle Flasche Rotwein. Seufzend ließ sie sich auf die Couch sinken.

„Ich bin froh, dass die zwei Mäuse nicht verstanden haben, was heute Abend da abgegangen ist", sagte sie und schenkte sich ihr Glas fast randvoll.

Kate nickte. „Die sozialen Netzwerke sind schon voll damit und natürlich gibt es Spekulationen über Spekulationen."

Jasmin nahm einen großen Schluck und setzte dann das Glas ab. „Omar ist gleich rüber ins Institut gefahren und hat sogar noch Kerstin angerufen. Das macht er sonst nie, ich meine, sie einfach so aus ihrem Frei holen. Er will schnell Ergebnisse liefern."

Sie schüttelte den Kopf. „Und ausgerechnet heute, wo der Ministerpräsident da war."

Sie stockte und sah Kate an. „Glaubst du, es gibt da einen Zusammenhang, einen politischen Hintergrund?"

Kate zuckte die Schultern. „Das wäre jetzt alles nur Spekulation und davon ist das Netz schon voll. Warten wir auf die ersten Fakten."

Mike kam spät nach Hause, als Kate bereits im Bett lag und las. Er gab ihr einen Kuss auf die Wange und hob die Hand, als sie aus dem Bett steigen wollte. „Lass nur, ich habe schon etwas gegessen, schließlich gab es auf dem Weihnachtsmarkt reichlich Essen, was heute nicht verkauft werden konnte. Ich dusche nur kurz, dann komme ich und du bekommst die Infos." Damit verschwand er im Bad.

Während die Dusche rauschte, legte Kate ihr Buch auf den Nachttisch und steckte sich das Kissen bequem in den Rücken. Kurz darauf kam Mike mit nassen Haaren und nur mit einer Boxershort bekleidet ins Schlafzimmer zurück und setzte sich auf die Bettkante.

„Und?", fragte Kate und Mike musste grinsen, weil sie ihn an ein nach Futter bettelndes Erdmännchen erinnerte. Dann wurde er ernst.

„Karsten und seine Leute sind noch immer vor Ort, er wettert schon die ganze Zeit über die Spurenlage, weil es, wieder mal, ein öffentlicher Ort ist. Omar ist in seinem Institut und als ich kam, war sein Auto noch nicht da."

Kate nickte. „Ich war bis vorhin bei Jasmin drüben, er hat angerufen das es wohl noch dauert."

„Ich war mit Mary in der Wohnung von diesem Mollenhauer. Was immer auch passiert ist, dort jedenfalls nicht. Nichts hat auf eine Auseinandersetzung oder einen Kampf hingedeutet. Leider hat die alte Dame, die wir befragt haben, ihn am Morgen das letzte Mal gesehen und nicht, wann und wie er das Haus am

Abend verlassen hat. Morgen werden wir dann die anderen Hausbewohner befragen lassen. Dann nimmt sich auch Karsten noch einmal die Wohnung vor, aber viel verspreche ich mir davon nicht."

Er schüttelte den Kopf. „Außerdem müssen wir auch einer zweiten Spur nachgehen. Was, wenn nicht Mollenhauer, sondern Karlheinz Felber, der ursprüngliche Weihnachtsmann, das Opfer sein sollte?"

Mike erhob sich und ging auf seine Bettseite. „Ich schlafe jetzt ein paar Stunden und dann gehe ich ins Präsidium. Urlaub hin oder her."

Er schlüpfte unter die Zudecke und sah Kate an. „Bist du böse, weil ich dich jetzt mit allen Vorbereitungen allein lasse?"

Sie schüttelte den Kopf und griff nach seiner Hand. „Nein und das weißt du auch. Und außerdem glaube ich, dass du nicht einmal so böse bist, mich mit den Vorbereitungen allein zu lassen."

Sie drückte ihm einen Kuss auf den Mund und löschte das Licht. Daher sah sie Mikes Grinsen nicht. Es hatte eben einen Vorteil, mit einer ehemaligen FBI-Agentin verheiratet zu sein.

Kapitel 5

„Ich sagte dir gleich, ich bin müde und hungrig und deshalb unausstehlich", brummte Omar, als er sein Büro betrat und Mike erblickte.

Seine Miene hellte sich auf, als er vor sich einen Teller mit frischen, belegten Brötchen und zwei Thermobecher mit Kaffee stehen sah.

„Kerstin? Eben ist ein rettender Engel vorbeigekommen", rief er in Richtung Flur. Kurz darauf erschien seine Assistentin, Kerstin Nagler.

„Guten Morgen, Frau Doktor", sagte Mike mit einem kleinen Augenzwinkern und die so Angesprochene neigte leicht den Kopf. „Auch ihnen einen guten Morgen, lieber Herr Hauptkommissar."

Omar stemmte beide Hände in die Hüften und sah die eben Eingetretene an. „Kaum braucht sie ihren alten Doktorvater nicht mehr, macht sie der Polizei schöne Augen", brummte er und schließlich kicherten sie beide los wie Teenager.

Mike wusste, wie stolz Omar auf seine Assistentin und sein Protegé war, die ihn auch nicht enttäuscht und in der vergangenen Woche ihre Dissertation mit Suma cum laude absolviert hatte. Er reichte ihr die Hand. „Ich möchte ihnen noch einmal ganz herzlich gratulieren."

Kerstin Nagler ergriff sie und lächelte. „Ich gebe eine kleine Party und neben dem Prof und seiner Frau sind natürlich auch sie, ihre Frau, Kommissarin Jäger und Kommissarin Struwe eingeladen. Die

Einladungen gehen noch raus."

Omar hatte sich ein Brötchen gegriffen und klopfte ungeduldig auf den Tisch. „Ja, toll. Wir kommen alle, meine Liebe und jetzt zum dienstlichen Teil."

Beflissen setzten sich die beiden Angesprochenen hin. Omar spülte das Brötchen mit Kaffee hinter und holte tief Luft.

„Also, Friedrich Mollenhauer, 71 Jahre, hatte einen Alkoholgehalt von 3,2 Promille intus sowie diverse Barbiturate."

„Also war er völlig betäubt?", warf Mike ein, was ihm einen tadelnden Blick vom Rechtsmediziner einbrachte. „Lässt du mich mal bitte ausreden?"

Mike hob beide Hände in einer beschwichtigenden Geste.

„Gut", brummte Omar und setzte erneut an. „Das hätte mich und auch dich, der gelegentlich einen Wein trinkt, außer Gefecht gesetzt. Aber der Mann war schwerer Alkoholiker und der vertrug mit Sicherheit so einiges. Außerdem hatte er ein mittelschweres Pankreaskarzinom mit Metastasierung in der Lunge und im Dickdarm. Er scheint keine Therapie irgendeiner Art in Anspruch genommen zu haben, seine Lebenserwartung würde ich mal vorsichtig bei einem Jahr ansetzen, plus minus. Er dürfte Schmerzen gehabt haben, was den Alkoholkonsum mit Sicherheit noch verstärkt hat."

Jetzt konnte Mike doch nicht mehr an sich halten.

„Willst du damit sagen, er hat sich suizidiert? Im Weihnachtsmannkostüm, auf der Pyramide, mitten auf dem Weihnachtsmarkt?"

Omar drehte die Augen nach oben und sah seine Assistentin an, die sich ein Lachen zu verkneifen schien. „Der Kerl ist unmöglich", sagte er und sah dann Mike wieder an. „Nein, hat er nicht. Friedrich Mollenhauer wurde sauber stranguliert, und zwar mit einem Gürtel. Der wurde weder bei ihm noch am Tatort gefunden. Also ist meine Arbeit hier beendet und eure fängt an."

Er griff sich noch ein Brötchen, nahm seinen Thermobecher und lächelte Mike und Kerstin Nagler freundlich an. „Ich für meinen Teil gehe nämlich jetzt für ein paar Stunden ins Bett."

„Also, was haben sie bisher?"

Staatsanwalt Doktor Gebhardt war zur ersten Lagebesprechung im Beratungsraum der Polizei unvermittelt aufgekreuzt, oder vielleicht auch nicht so unvermittelt, wie Mike jetzt dachte. Immerhin war der Ministerpräsident gestern Zeuge des Falls gewesen und damit hatte die Sache allerhöchste Priorität, zumindest in den Augen des Staatsanwaltes.

Dieser schaute Mike eindringlich an.

„Herr Hauptkommissar?", fragte er nach und Mike nickte Karsten Windisch zu. Der schien ähnliche Gedanken wie Mike zu haben, jedenfalls sah der es an dessen Miene, immerhin kannten sie sich lange genug. „Also, der Tote wurde mit mindestens zwei Personen zum Auffindeort gebracht, einer allein hätte ihn nie nach oben gebracht."

„War er da schon tot?", fragte der Staatsanwalt dazwischen.

„Nein", antwortete jetzt Omar, der nach vier Stunden Schlaf erholt und frisch aussah.

„Friedrich Mollenhauer war betrunken und sediert, aber sicher noch aktionsfähig, da er schwerer Alkoholiker war. Er wurde definitiv auf der Pyramide erst erwürgt. Und hier wurde ihm sein hoher Alkoholpegel und die Barbiturate zum Verhängnis. Er war scheinbar weder in der Lage den Angriff kommen zu sehen noch ihn abzuwehren. Jedenfalls finden sich keine Spuren einer Reaktion seinerseits. Der Täter hat schnell und effektiv gehandelt, er hat den Gürtel so heftig zugezogen, dass Mollenhauer binnen

Sekunden das Bewusstsein verloren haben muss und er war ebenso schnell tot."

Der Staatsanwalt sah Omar skeptisch an. „Sie glauben, er ist selbst da rauf geklettert?"

Der zuckte die Schultern.

Unwirsch sah Gebhardt zu Mike. „Aber dort war doch Sicherheitsdienst und Polizei."

Mike schüttelte langsam den Kopf. „Die Polizei hat den Umzug abgesichert, nicht den Weihnachtsmarkt, der ja noch gar nicht eröffnet war. Und der Sicherheitsdienst wurde von einem Weihnachtsmann abgelenkt, von dem sie annahmen, es sein Mollenhauer."

Gebhardt tigerte auf und ab. „Gibt es denn eine Ahnung von einem Motiv?", fragte er wieder an Mike gerichtet.

„Vielleicht wollte jemand Rache am Weihnachtsmann nehmen, weil er als Kind immer die falschen Geschenke bekam", warf Karsten Windisch ein und leises Lachen ertönte von den Anwesenden.

Der Staatsanwalt fuhr zu ihm herum. „Das ist nicht lustig, Herr Windisch. Wenn nur der geringste Hauch eines Verdachtes aufkommt, das die Tat etwas mit der Anwesenheit des Ministerpräsidenten auf dem Weihnachtsmarkt zu tun hat, haben wir den Staatsschutz am Hals und dann Gnade uns allen Gott."

Dann sah er Mike an. „Sehen sie zu, dass sie schnellstens eine Spur finden, und zwar in die richtige Richtung."

Er ging zur Tür, dann wandte er sich um. „Wann

kann denn nun der Weihnachtsmarkt eröffnet werden? Der Oberbürgermeister hat bereits eine offizielle Anfrage gestellt."

Mike, den das wenig beeindruckte, sah Karsten Windisch an, der nickte. „Gut, dann heute Nachmittag." Der Staatsanwalt sah noch einmal in die Runde, bis sein Blick bei Mike haften blieb.

„Dann veranlassen sie das. Ich werde den Oberbürgermeister selbst darüber informieren."

Damit schloss er die Tür hinter sich.

„Mein Gott, hat der eine Laune", murmelte Mary Struwe.

Mike winkte nur ab. Dann sah er wieder zu Karsten.

„Die Spurenlage ist alles in allem wohl nicht so ergiebig?"

Dieser wog langsam den Kopf hin und her.

„Dank Omar haben wir ein ziemlich gutes Bild des Gürtelabdruckes. Da sind meine Leute dran. Fingerabdrücke gibt es reichlich und dann noch Schuhabdrücke. Das kann von den Tätern sein, oder von den Mitarbeitern, die die Pyramide aufgebaut haben. Wir haben aber alles so gut es geht gesichert. Es dauert leider."

Dann sah er auf sein Tablet. „Ach, übrigens, die Wohnung von Mollenhauer sah sehr aufgeräumt aus, wenn du mich fragst, zu aufgeräumt für einen Alkoholiker, auch wenn das vielleicht ein Klischee ist. Aber…" Er winkte ab.

Mike sah zu Mary Struwe und Frieder Lein.

„Schaut euch noch mal die Wohnung an und befragt

unbedingt die Nachbarn, die wir gestern nicht angetroffen haben. Ich werde mit Marianne diesen Karlheinz Felber aufsuchen. Vielleicht sollte er doch das
eigentliche Opfer sein."

Omar lehnte sich in dem Stuhl nach vorn, was dieser
mit einem bedenklichen Quietschen honorierte.

„Wohl kaum. Mollenhauer wurde nicht aus der Ferne
erschossen, er wurde erwürgt. Dazu muss der Täter
diese Weihnachtsmannmaske heruntergenommen
haben. Er hat also gesehen, wen er da tötet."

Mike nickte. „Ja, aber wir müssen trotzdem mit Felber sprechen, vielleicht hat er einen Verdacht."

Er erhob sich, als an die Tür geklopft wurde und ein
Kollege vom Kriminaldauerdienst eintrat.

Er nickte Mike zu und wandte sich an Omar.

„Herr Professor. Wir hatten einen anonymen Hinweis bekommen, dass auf dem ehemaligen Truppenübungsplatz in Kauschwitz eine Leiche vergraben
liegt."

Omar sah ihn an, als dieser schwieg. „Ja und?", fragte
er nach.

„Wir haben einen Hund eingesetzt und das Ergebnis
war positiv. Nach ersten Grabungen wurden Kno-
chenfragmente gefunden." Er sah zu Karsten Windisch. „Deine Leute sind schon vor Ort."

Dann wandte er sich wieder Omar zu. „Könnten sie
bitte kommen, Herr Professor?"

Omar schüttelte den Kopf. „Nein, rufen sie im Institut an. Frau Doktor Nagler soll das übernehmen."

Der Beamte zögerte eine Weile. „Frau Doktor Na…ah

ja. Danke."

Er nickte, etwas verstört, den anderen zu und verließ den Raum. Stille trat ein.

Omar hob den Kopf und sah die Anwesenden an.

„Na was? Kerstin ist meine beste Mitarbeiterin und jetzt muss sie sich selbst eigenen Fällen widmen können. Sie sollte mir schon von Leipzig abgeworben werden, aber das habe ich verhindert. Fehlt nur noch, dass dieser unzivilisierte Schotte sie mit auf seine Insel verschleppt", knurrte er, was Mike ein Grinsen entlockte.

Der unzivilisierte Schotte war Jamie Macintosh, seines Zeichens Assistenzarzt auf der Neurochirurgie und Kerstin Naglers Lebenspartner.

Karsten prustete los. „Omar schaut wie ein Maure der gerade Jerusalem vor den herannahenden Kreuzrittern schützen will."

Jetzt lachten auch Mary und Frieder lauthals los, während Marianne Jäger vornehm ihr Taschentuch vor den Mund hielt.

„Du hast heute echt einen Clown gefrühstückt", fuhr Omar Karsten an, aber sein Gesicht zeigte ein breites Grinsen.

Mike schüttelte den Kopf. „Kindsköpfe", murmelte er und gab Marianne ein Zeichen.

Kapitel 6

Liselotte Felber war eine untersetzte Frau Mitte fünfzig, die Mike und Marianne musterte, als wollten diese ihren Mann vom Krankenlager zerren und ins Präsidium schleifen.

„Frau Felber, wir müssen ihrem Mann nur ein paar Fragen stellen, dann sind wir schon wieder weg", sagte Marianne mit einem Lächeln und Mike war froh über seine Entscheidung, sie heute mitgenommen zu haben.

„Karlheinz ist sehr schwach", versuchte es die Angesprochene noch einmal und wich keinen Zentimeter von der Tür des Einfamilienhauses in Neundorf, dass die Felbers seit 35 Jahren bewohnten.

„Sie können gern mit dabei sein, Frau Felber", versuchte es Marianne erneut, während Mike langsam der Geduldsfaden riss. Als die Hausherrin noch immer keine Anstalten machte sie hereinzubitten, ergriff Mike sein Telefon.

„Gut. Dann rufe ich jetzt den Amtsarzt an, der ihren Mann untersuchen und seine Transportfähigkeit prüfen wird und danach wird er entweder unter Bewachung in ein Krankenhaus oder zu uns aufs Präsidium gebracht. Das hier ist kein Spaß, Frau Felber. Ein Mensch wurde ermordet."

Er tippte auf sein Smartphone, ohne dabei Marianne anzusehen. Der Bluff mit dem Amtsarzt musste sie sehr erheitern.

Aber Kommissarin Jäger war Profi genug, um genau

jetzt einzuhaken. „Frau Felber, wollen sie wirklich so einen Auflauf hier haben?"

Sie deutete zu den Nachbarhäusern. Hier kannte man sich, teilweise seit Jahrzehnten und es wurde, wie überall in kleinen Gemeinden, schnell getratscht.

„Mein Gott, es wurde jemand ermordet? Warum sagen sie das nicht gleich? Kommen sie doch bitte herein", reagierte Frau Felber geistesgegenwärtig auf Mariannes Vorlage und Mike steckte sein Smartphone zurück in die Tasche.

Sie betraten das Haus und Frau Felber deutete nach rechts. „Karlheinz liegt auf der Couch, wie gesagt, er ist noch ziemlich schwach", wiederholte sie. Dabei sah sie Marianne geradezu flehentlich an.

Diese nickte ihr lächelnd zu. „Wir bleiben nicht sehr lange."

Karlheinz Felber sah wirklich nicht sehr gesund aus. Er lag mit leicht erhöhtem Kopf auf der Couch im Wohnzimmer, mit einer Wolldecke bis zum Kinn zugedeckt und schien zu schlafen.

„Karli?", sagte seine Frau leise und der Angesprochene öffnete etwas die Augen. „Hm", murmelte er.

„Karli, die Polizei ist hier."

Jetzt öffnete der Mann die Augen weiter, sah Marianne und Mike an und richtete sich so schnell auf, dass er zur Seite kippte.

„Machen sie langsam, Herr Felber", sagte Marianne.

Der Mann winkte ab, als seine Frau ihm helfend zur Seite springen wollte.

„Mach mal einen Kaffee, Lotte", sagte er und deutete

auf die Sessel. „Nehmen sie nur Platz."

Zögernd verließ seine Frau das Wohnzimmer, ließ aber die Tür einen Spalt offen.

Karlheinz Felber richtete sich erneut, dieses Mal etwas langsamer auf und schob die Decke von sich.

„Sie müssen schon entschuldigen…" sagte er, aber Mike winkte ab.

„Wir haben gehört, sie haben einen Magen-Darm-Infekt?"

Der Mann nickte. „Ja und so etwas hatte ich auch noch nie. Es hat mich so auf die Bretter geworfen, das kenne ich gar nicht von mir. Eine richtige Darmgrippe, das gönne ich meinem ärgsten Feind nicht." Er räusperte sich.

„Herr Felber, sie waren für die Rolle des Weihnachtsmannes vorgesehen?", fragte Mike und sein Gegenüber nickte.

„Ja, das mache ich schon seit drei Jahren. Ich bin jetzt Rentner müssen sie wissen und da braucht man doch ein paar Aufgaben. Ich bin auch noch in der freiwilligen Feuerwehr und trainiere die Wasserratten, unsere Junior-Wasserballer. Und als mich Peter Forster, der Chef vom Marktwesen und Stadtmarketing angesprochen hat, habe ich zugesagt." Er verzog etwas das Gesicht.

„Waren sie beim Arzt?", fragte Marianne, erhielt aber nur ein Kopfschütteln.

„Das habe ich ihm auch gesagt, Frau Kommissarin, aber er will ja nicht", sagte Liselotte Felber, die gerade mit einem Tablett das Wohnzimmer betrat.

„Männer", ergänzte sie und warf Marianne einen verschwörerischen Blick zu, den diese lächelnd erwiderte.

„Und wer war bis dahin der Weihnachtsmann?", fragte Mike, um sich seine Ahnung bestätigen zu lassen.

„Friedrich Mollenhauer. Er war gut und bei den Kindern beliebt, aber…" Er brach ab und nahm von seiner Frau eine Tasse Kaffee entgegen. Während diese auch Mike und Marianne eine Tasse reichte, drehte sie die Augen leicht nach oben.

„Mach doch kein Geheimnis draus, Karli. Der Fritz trinkt und das nicht zu knapp. Und es wurde immer schlimmer. Das geht doch nicht, Kindern die Geschenke geben mit einer Schnapsfahne."

Ihr Mann nickte widerwillig. „Ja schon, aber er ist kein schlechter Kerl und ich bin vielleicht froh, dass er sich gleich als Ersatz für mich angeboten hat."

Mike sah Marianne an. Er konnte es nicht fassen, dass weder Karlheinz Felber noch seine Frau etwas vom Tod Mollenhauers erfahren hatten.

Seine Kollegin erhob sich und winkte Liselotte Felber nach draußen und Mike sah deren schuldbewusste Miene, als sie der Kommissarin folgte. Sie wusste etwas und hatte es ihrem Mann verschwiegen, zweifellos um ihn nicht aufzuregen. Darum hatte sie sie auch nicht zu ihm lassen wollen.

„Friedrich Mollenhauer ist tot, Herr Felber. Er wurde gestern Abend ermordet", sagte Mike, als die beiden Frauen den Raum verlassen hatten und bereute es gleich, es unumwunden gesagt zu haben.

Karlheinz Felber verlor alle restliche Farbe, die er noch im Gesicht hatte, ganz plötzlich und kippte zur Seite, Gott sei Dank mit dem Kopf auf die Couch.

Mike sprang auf, aber da kam Frau Felber bereits zurück ins Wohnzimmer gerannt.

„Mein Gott, Karli", schrie sie und stürzte sich auf ihren Mann. Marianne hatte da bereits geistesgegenwärtig ihr Smartphone gezückt und die 112 gewählt.

„Sie hat es gestern Abend bereits erfahren, ein ehemaliger Kollege von Felber hat angerufen, aber Liselotte Felber hat ihn nicht zu ihrem Mann durchgestellt. Sie hatte Angst, das regt ihn zu sehr auf. Nicht ganz unberechtigt, wie man sieht."

Mike sah mit gerunzelter Stirn dem Rettungswagen nach, der Karlheinz Felber nach seiner Schwächeattacke ins Klinikum brachte, während Marianne veranlasst hatte, dass seine Frau mit einem Polizeiwagen hinterhergefahren wurde.

„Wie hätte ich es ihm denn anders sagen sollen?", verteidigte sich Mike, während er mit Marianne zum Wagen ging.

„Ich sage doch gar nichts." Marianne stieg nicht ein, sondern sah dem Polizeiwagen stirnrunzelnd nach.

„Was ist?", fragte Mike.

Langsam nahm Marianne neben ihm Platz.

„Frau Felber sagte mir draußen noch, dass vor zwei Tagen ihre Tochter und die Enkeltöchter bei ihnen waren, aber keine Rede davon, dass auch sie irgendwelche Beschwerden haben."

Als Mike sie verwirrt ansah, holte sie tief Luft.

„Alle, einschließlich Felber selbst, sagen etwas von einer Magen-Darm-Grippe. Das ist hochansteckend, ich weiß, wovon ich spreche. Meine Jungs haben das zwei Mal vor Jahren eingeschleppt, ich sage dir nichts."

Mike trommelte mit den Fingern auf sein Lenkrad.

„Du denkst…"

Sie nickte. „Na klar, dass war die einfachste Lösung,

um sicherzustellen, dass in der Kürze der Zeit kein anderer als Mollenhauer als Weihnachtsmann verfügbar ist."

„Dann müssen wir schleunigst mit Felber sprechen. Er wird ja wissen, mit wem er in Kontakt gekommen ist."

Mike ließ das Auto an und fuhr mit Marianne in Richtung Krankenhaus.

Kapitel 7

Als Mike und Marianne das Präsidium betraten, kam ihnen ihr Chef, Hauptkommissar Peter Kögler entgegen. „Gut, dass ich sie treffe", sagte er und deutete in Richtung seines Büros. „Ich muss sie dringend sprechen."

Mike warf Marianne einen fragenden Blick zu, diese zuckte die Schultern. Beide folgten Kögler. Dieser bot ihnen einen Platz an, setzte sich aber selbst nicht.

„Wie stehen ihre Ermittlungen im Fall Weihnachtsmarkt?"

Mike gab kurz den aktuellen Stand durch. „Leider konnten wir noch nicht herausbekommen, wer und mit was Karlheinz Felber kontaminiert wurde. Das Labor des Krankenhauses ist dran und er selbst war vor vier Tagen in seiner Stammkneipe. Diese war wie immer stark frequentiert. Jeder dort hätte faktisch ihm etwas beibringen können, wenn es denn so war. Wir werden versuchen, die Anwesenden zu ermitteln, aber ob uns das gelingt."

Kögler nickte. „Gut, oder auch nicht. Wir haben jetzt einen zweiten Fall, einen Leichenfund beziehungsweise einen Skelettfund auf dem Areal des ehemaligen Truppenübungsplatzes. Doktor Gebhardt weist allerdings dem Mord auf dem Weihnachtsmarkt erste Priorität zu und will schnellstmöglich Erfolge sehen."

Mike grinste etwas. „Ich weiß, der Herr Ministerpräsident..."

Auch Kögler verzog kurz die Lippen. „Dann

verstehen wir uns ja. Aber ich kann das personell nicht stemmen, also muss ich Hilfe anfordern."

Er ließ scheinbar bewusst eine Pause.

Marianne räusperte sich. „Also, ich wäre bereit, Überstunden zu machen, das ist keine Frage."

Mike nickte ihr zu, dann sah er Kögler an.

„Den Fall mit dem Skelett könnte Kommissarin Struwe übernehmen, gemeinsam mit Frieder Lein."

Kögler ging eine Weile schweigend im Zimmer auf und ab. „Halten sie sie bereits für erfahren genug?"

Mike dachte daran, was Kate ihm gesagt hatte.

„Ja", antwortete er ohne Zögern. „Das tue ich. Sie hat genügend Erfahrungen und kann eigenständig arbeiten. Ich selbst würde die Soko *Weihnachtsmann* leiten, gemeinsam mit Kommissarin Jäger."

Kögler sah ihn an. „Das ist gut, aber leider kann Frau Struwe nicht mit Frieder Lein zusammenarbeiten."

Als er Mikes fragenden Blick sah, zuckte er die Schultern. „Ich habe es eben erst erfahren. Herr Lein hat sich eine komplizierte Knöchelfraktur zugezogen und muss operiert werden."

Marianne stieß einen leisen Ton aus, was den Leiter des Polizeipräsidiums zu einem kurzen Lächeln veranlasste. „Keine Sorge, so schlimm ist es nicht. Er wollte der Straßenbahn nachrennen und ist unglücklich am Bürgersteig abgerutscht. Scheinbar dachte auch er erst, es ist nicht so schlimm, aber es muss doch geschraubt werden."

Er holte tief Luft. „Sei es wie es sei, er fällt für ein paar Wochen aus und da habe ich mir überlegt…"

Er stockte einen Moment und sah Mike an.

„Ich würde gern Frau Schulz als externe Beraterin Kommissarin Struwe zur Seite stellen, ich hoffe, das wäre in ihrem Interesse?"

„Natürlich." Mike hatte keine Sekunde mit einer Zusage gezögert. Er war überzeugt, das Kate gut mit Mary harmonieren würde, die ja ihrerseits die ehemalige FBI-Agentin sehr bewunderte und er selbst? Er konnte wieder mit Marianne zusammenarbeiten, besser konnte es gar nicht laufen.

„Gut", sagte Kögler abschließend. „Dann machen wir es so, ich werde Kommissarin Struwe und Frau Schulz selbst informieren."

Er nickte den beiden Beamten zu, die sich erhoben hatten.

„Was meinst du?", fragte Marianne, als sie das Büro ihres Chefs verlassen hatten. Mike sah kurz zurück.

„Ich denke, das war die beste Entscheidung, die er treffen konnte. Danke übrigens", setzte er noch nach, auf Mariannes Bereitschaft zu Überstunden anspielend.

Diese lächelte. „Ich lasse doch meinen alten Partner nicht hängen", sagte sie und klopfte Mike auf die Schulter. Dann wurde sie ernst. „Wir sollten uns schnellstens um Frieder kümmern, armer Kerl."

Mike schüttelte den Kopf. „Wie kommt er bloß auf so eine verrückte Idee hinter der Straßenbahn herzujagen?"

Dann sah er Mariannes vorwurfsvollen Blick und hob beide Hände. „Ist schon gut, ich sage ja nichts mehr."

Kapitel 8

Kate stand gemeinsam mit Mary Struwe in der Pathologie und sah auf die Knochen, die vor ihr auf dem Sektionstisch ausgebreitet waren.

Die frisch gebackene Doktorin Kerstin Nagler stemmte sich mit beiden Händen am Tisch ab und atmete tief durch. „Das war ein bisschen wie Tetris, aber ich habe alles zusammen."

Kate sah sie erstaunt an. „Haben denn Tiere keine der kleineren Knochen weggeschleppt?"

Kerstin Nagler schüttelte den Kopf und deutete nach nebenan. „Ich könnte einen Kaffee vertragen, ihr auch?" Scheinbar hatte sie die Methode ihres Doktorvaters Omar Amri übernommen, Befunde eher im Büro als am Sektionstisch zu besprechen.

Sie bot den beiden Frauen einen Platz an und setzte den Kaffeeautomat in Gang.

„Schönes Teil", sagte Kate bewundernd und die Pathologin grinste. „Ein Geschenk des Prof. Ich halte es ja für glatte Bestechung, dass ich nicht nach Leipzig wechsle. Aber das hatte ich auch so nicht vor."

Mary rutschte unruhig auf dem Stuhl hin und her. „Frau Doktor Nagler, ich…"

Diese drehte sich um. „Kerstin. Wenn wir schon als illustre Frauenrunde an diesem Fall arbeiten, sollten wir solche Formalitäten lassen."

Die Kommissarin nickte leicht errötend. Kate verstand deren Ungeduld. Immerhin hatte sie erstmals eigenständig die Leitung eines Falls.

Kerstin Nagler hatte sie alle mit Kaffee versorgt und setzte sich zu ihnen. Sie nahm ihr Tablet und lehnte sich zurück. „Der Grund, warum die Tiere keine Knochen verschleppt haben, ist die Tatsache, dass der Tote maximal eine Woche in diesem Loch lag."

Mary und Kate sahen sich an, während Kerstin Nagler lächelte. „Ja, mir war das auch erst ein Rätsel. Aber die Spurensicherung hat meinen Verdacht bestätigt. Der Tote, und es ist ein Mann, dazu komme ich noch, hatte vorher keinen Kontakt mit Erde jedweder Art. Alle jetzigen Anhaftungen sind frisch."

Kate blies leicht die Wangen auf.

„Wie ich schon sagte", fuhr die Pathologin fort, „wir haben es hier mit einem Mann zu tun, ich wage mal eine vorsichtige Prognose, zwischen 25 und 45 Jahren, wobei ich eher zu dem jüngeren Alter tendiere. Sein Gebiss ist tadellos und das im wahrsten Sinne des Wortes. Keinerlei zahntechnische Besonderheiten, wenige sehr gut gemachte Zahnplomben."

„Das macht die Identifizierung schwieriger", wandte Mary ein und Kerstin Nagler nickte. „Aber ich kann euch wenigstens mit der Todesursache dienen, Genickschuss. Die Kugel steckte sogar noch im Halswirbel fest. Ich habe sie schon der Spurentechnik übergeben."

Kate sah Mary an. „Dann ist es ein Mord, eine Hinrichtung?"

Diese wog langsam den Kopf hin und her. „Denkst du an etwas Bestimmtes?"

Kate nickte. „Rivalisierende Drogenbanden, Mafia,

daher kenne ich das. Aber als erstes müssen wir versuchen die Identität zu klären, wer wird vermisst?"

Kerstin Nagler schüttelte langsam den Kopf.

„Als erstes müssen wir die Liegezeit des Toten herausbekommen. Ich habe schon Kontakt mit Leipzig aufgenommen. Aber auch die Spurensicherung ist dran, weil…" Sie brach ab, weil es an ihrer Bürotür klopfte. Langsam wurde die Tür geöffnet und ein brauner Wuschelkopf schob sich um die Ecke.

„Hier steckt ihr alle."

Die Tür wurde ganz geöffnet und Viktoria Brauner, Karsten Windischs Stellvertreterin, betrat den Raum.

„Du?", fragte Mary erstaunt und das fröhliche Gesicht der Endzwanzigerin mit der hellgrünen Brille zog sich langsam in Falten.

„Was habt ihr erwartet, den Chef selbst? Tut mir leid, aber der ist in diesem Weihnachtsmannfall fest gebunden."

„Nein, nein, das ist völlig okay." Mary versuchte, ihren Schnitzer von eben wieder gut zu machen.

Viktoria, die alle Vicky nannten, zuckte die Schultern.

„Und überhaupt, ich denke, der Chef hätte Angst bei so viel Frauenpower."

Kate begann zu lachen, in das alle einstimmten.

„Also", begann Viktoria Brauner. „Hier habe ich die Bilder vom Auffindeort. Das Loch, in dem der Tote lag, war vor kurzer Zeit erst gegraben worden und das recht stümperhaft. Man kann fast glauben, er sollte gefunden werden."

Sie reichte ein paar vergrößerte Tatortfotos herum. Kate nickte zustimmend.

„Vorher ist er nie mit Erde in Verbindung gekommen, er muss in einem Keller oder ähnlichem gelegen haben", fuhr sie fort und sah zu Kerstin Nagler hin.

„Was schätzt du, wie lange hat er dort gelegen?"

Die Angesprochene nippte von ihrem Kaffee und stellte die Tasse bedächtig zurück auf den Tisch.

„Ich sollte keine Spekulationen anstellen, aber wenn das wirklich zu ihm gehört, was ihr gefunden habt, dann um die 30 Jahre."

Jetzt sahen Mary und Kate Viktoria Brauner an. Diese reichte ihnen ein Foto.

„Neben der verrosteten Schnalle eines Gürtels das hier. Es ist ein Stück Stoff, höchstwahrscheinlich von einem Hemd, vielleicht war er damit bekleidet. Wir haben es analysiert, es bestand zu einem hohen Anteil aus einer Polyamidfaser aus der Produktion der ehemaligen DDR."

„Dederon", sagte Kate und fing verwunderte Blicke ein. „Ich kenne das noch aus meiner Kindheit und Jugend, das war die DDR-Variante des Nylon."

Viktoria nickte. „Genau. Es ist eindeutig in der ehemaligen DDR hergestellt. Damit dürfte Kerstins Zeitannahme stimmen."

„Und damit dürfte deine Theorie vom Mafiamord auch vom Tisch sein", sagte Mary zu Kate.

Diese nickte langsam.

„Ich frage mich nur, warum bewahrt jemand über Jahrzehnte einen Toten auf, um ihn dann faktisch zu präsentieren?", sagte Viktoria und nahm mit einem freundlichen Lächeln einen Kaffeetopf von Kerstin Nagler entgegen. Diese setzte sich langsam wieder auf ihren Platz. „Vielleicht weil die bisherige Stelle nicht mehr sicher war, ein Hausumbau vielleicht oder ein geplanter Abriss?"

Mary Struwe schüttelte stirnrunzelnd den Kopf.

„Aber da hätte er oder sie den Toten doch irgendwo im Wald vergraben können."

Kate nickte langsam und sah Mary an. „Richtig. Die Frage muss lauten warum jetzt und warum ausgerechnet an diesem Platz."

„Die Frage ist doch eher", sagte Kerstin Nagler und sammelte die leeren Kaffeetöpfe ein. „Wer war der Tote? Dann lösen sich vielleicht auch die anderen Rätsel."

Mary Struwe erhob sich. „Wenn wir den ungefähren Todeszeitpunkt hätten…"

„Vergesst es", fiel ihr die Pathologin ins Wort. „So genau wird euch das keiner mehr sagen können, nicht nach dieser Liegezeit."

Enttäuscht blies Mary die Wangen auf und sah zu Kate. „Wir müssen alte Vermisstenfälle sichten."

Viktoria Brauner lächelte. „Na dann viel Spaß, wisst ihr wie viele damals in den Westen verschwunden sind?"

„Trotzdem, es ist ein Anfang", sagte Kate, die Marys enttäuschte Miene sah. „Schauen wir mal, was an alten Vermisstenfällen digitalisiert ist, Frank Keilwert kann uns da sicher weiterhelfen und ansonsten bleibt uns die gute alte Recherchearbeit."

Sie sah zu Kerstin Nagler. „Wann können wir von Leipzig erste Ergebnisse erwarten?"

Diese nickte ihr zu. „Ich mache Druck und wenn es nichts hilft, habe ich immer noch mein Superdruckmittel, den Prof."

Die Frauen lachten.

Kapitel 9

Mike saß gemeinsam mit Marianne und Karsten im Beratungsraum. Der Hauptkommissar sah den Leiter der Spurensicherung an. „Und, was gibt es von deiner Seite?"

Dieser winkte ab. „Spuren über Spuren, wir werten noch immer aus. Aber ich habe zumindest einen Treffer." Er deutete auf sein Tablet. „Ich habe es euch gerade geschickt. Der Gürtel, mit dem Mollenhauer erwürgt wurde. Es war ein Zufall, dass Karl Fritsch uns einen Besuch abgestattet hat."

Mike wusste, wen er meinte. Karl Fritsch war vor seiner Zeit Leiter der Spurensicherung gewesen und obwohl er schon auf die achtzig zuging, kam er dann und wann ins Präsidium, um mit den Kollegen zu plaudern und sie sogar mit seiner Fachexpertise zu unterstützen, denn als Spurensicherer war er so etwas wie eine Legende gewesen.

„Jedenfalls hat er nur einen Blick auf die Spuren des Gürtels geworfen und schwupps." Er deutete auf das Bild auf seinem Tablet. „Ein guter alter DDR -Gürtel und nur vom Muster her konnte Karl ihn identifizieren. Er wurde im VEB Täschnerwaren Annaberg produziert."

Mike starrte auf das Bild und sah dann Kasten an. „Kein Zweifel?"

Dieser schüttelte den Kopf.

„Nein. Wir versuchen jetzt ein Original von damals aufzutreiben und Karl hilft uns dabei, aber ich sage

auch jetzt schon zu 85 %, genauso ein Gürtel war es."
Mike sah von Karsten zu Marianne. „Gut, aber wie
wird uns das weiterhelfen?"

„Vielleicht hat dieser Gürtel ja eine Bedeutung",
sagte da eine Stimme von der Tür her.

Omar Amri trat ein und ließ sich in einen der Sessel
fallen, was dieser mit einem protestierenden Ächzen
kommentierte. Er hatte eine alte, leicht graue Akte bei
sich und legte sie vor sich ab.

„Liebe Kollegen", begann er jovial. „Ich war auch
nicht faul und habe, in Abstimmung mit Marianne,
meine Hausaufgaben gemacht."

Er grinste breit und angelte über den Tisch zur Kaf-
feekanne, während ihm Karsten Windisch eine Tasse
zuschob. Mike sah zu Marianne, die ihrerseits dem
Rechtsmediziner zulächelte.

„Friedrich Mollenhauer war zwei Mal verheiratet.
Seine erste, wie auch zweite Ehe blieben kinderlos.
Seine erste Frau Wanda ließ sich 1978 von ihm schei-
den. Später ging sie in den Westen und lebt heute,
neu verheiratet und Mutter von drei erwachsenen
Kindern, in Bremen."

Marianne sortierte ihre handschriftlichen Notizen
und fuhr dann mit ihren Ausführungen fort.

„Seine zweite Frau Karola brachte zwei Jungs mit in
die Ehe ein, Frank und Uwe. Mollenhauer hat sie
beide adoptiert. Als Jugendliche sind sie zwei, drei
Mal ausgerissen, wurden aber von der Polizei immer
wieder zurückgebracht. Man hat wohl auch das Ju-
gendamt eingeschalten."

Mike sah sie interessiert an. „Gibt es denn keine Akten darüber?"

Sie zuckte die Schultern. „Die Polizeiakten habe ich eingesehen, sie waren noch im Archiv. Sie sind unvollständig, teilweise die Aussagen der Jungs geschwärzt. Aber die Mitarbeiterin des Jugendamtes konnte ich ausfindig machen, sie ist längst Rentnerin, lebt in einem Seniorenheim, aber ist geistig fit. Seltsamerweise konnte sie sich sofort an diesen Fall erinnern. Es stand damals wohl eine Misshandlung des Vaters gegen die beiden Söhne im Raum, aber ihr wurde sehr schnell nahegelegt, dies zu vergessen, die entsprechende Akte ist dann plötzlich verschwunden."

Sie nickte Omar zu, der scheinbar nur auf seinen Auftritt gewartet hatte. Er blätterte in der dünnen Mappe.

„Nachdem Marianne mir das erzählt hat und ich einen zeitlichen Rahmen hatte, bin ich ins Archiv der Klinik gegangen und sieh an, es existierten noch alte Krankenunterlagen von Frank Mollenhauer 1970 geboren und Uwe Mollenhauer 1972 geboren. Sie waren beide insgesamt zwei Mal in der Klinik, Uwe mit einer Fraktur des rechten Handgelenkes und später einem Schädelhirntrauma, Frank mit einer schweren Rippenprellung und das gleich zwei Mal. Bei beiden Jungs wurden frische und auch ältere Spuren von Misshandlungen, konkret Schlägen, festgestellt."

Er machte eine Pause und tippte auf die alte Kladde. „Der Kollege beschreibt sie als Schläge mit einem

Gegenstand, vermutlich einem Gürtel."

Mike sah zu Marianne, die nickte. „Frank Mollenhauer lebt in Köln, Uwe Mollenhauer in Leipzig. Ihre Mutter lebt allerdings noch immer in Plauen, auf der Pestalozzistraße, also quasi um die Ecke."

Mike erhob sich und legte Marianne eine Hand auf die Schulter. „Das war ja eine klasse Vorarbeit. Ich danke dir und dir auch Omar." Dann nickte er auch Karsten Windisch zu.

„Gut. Dann schauen wir mal, ob aus den beiden Jungs von damals rächende Weihnachtsmänner geworden sind."

„Verdenken kann man es ihnen wohl kaum", murmelte Omar und klopfte auf die Mappe.

Die Frau, die Mike und Marianne auf ihr klingeln öffnete, passte zumindest optisch überhaupt nicht zu dem verstorbenen Friedrich Mollenhauer. Groß und sehr schlank, trug sie ihr dichtes blondes Haar als Pagenschnitt, der ihrem schmalen Gesicht schmeichelte. Sie trug eine helle Hose und einen saloppen beigen Pullover.

„Polizei?", sagte sie und zog ihre Stirn leicht in Falten. „Bitte, kommen sie herein."

Die Wohnung passte eindeutig zu ihr. Helle Möbel und ein insgesamt minimalistischer Einrichtungsstil ließen den Raum größer und luftiger erscheinen als er tatsächlich war.

„Nehmen sie Platz", forderte sie die beiden Beamten mit einer Geste zu dem hellen Couch auf und nahm selbst an der Kante eines dazugehörigen Sessels Platz.

Mike hatte sich mit Marianne geeinigt das sie das Gespräch beginnen würde. „Frau Mollenhauer, es geht um ihren geschiedenen Mann. Er ist tot und…"

„Das wundert mich nicht. Ist er betrunken verunglückt?", unterbrach sie die Kommissarin und sah dieser direkt in die Augen.

„Wie kommen sie darauf?", fragte Marianne zurück und ihr Gegenüber zuckte nur kurz mit den Schultern. „Wenn die Polizei erscheint, geht es doch meist um Alkohol am Steuer, oder?"

„Nein, ihr Ex-Mann wurde ermordet", schaltete sich jetzt Mike ein und der Blick von Frau Mollenhauer schwenkte zu ihm. Noch immer zeigte sie keine

Regung, kein Erstaunen, nichts. „Auch das wundert mich nicht. Ich vermute, er hat sich charakterlich nicht geändert. Er hat sich viele Menschen zum Feind gemacht, früher und heute sicher auch."

Eine Weile war Stille in dem Raum.

„Ihr Exmann wurde mit einem Gürtel erdrosselt", fuhr Mike fort, sie genau beobachtend. „Ein Gürtel, der im VEB Täschnerwaren Annaberg produziert wurde."

Er reichte der Frau ein Bild herüber und für einen Augenblick sah er eine Regung in ihrem Gesicht, das sich blass verfärbte.

„Ihr Exmann hatte so einen Gürtel, nicht wahr?", fragte Marianne, aber Sabine Mollenhauer beachtete sie nicht. Langsam reichte sie Mike das Bild zurück.

„Eine typische DDR-Massenproduktion", sagte sie lakonisch, aber ihre Stimme zitterte leicht.

Mike nahm das Bild und steckte es aber nicht ein, sondern legte es auf den Tisch, der zwischen ihnen stand.

„Aber sie streiten nicht ab, dass ihr Exmann so einen Gürtel hatte?", fragte er und sie zuckte nur wortlos die Schultern.

„Er hat damit ihre Söhne geschlagen, regelmäßig", sagte jetzt Marianne und ihr Gegenüber zuckte zusammen, als sei sie eben geschlagen worden. Ihre Augen fuhren zwischen Mike und Marianne hin und her wie ein gehetztes Wild.

„Was wollen sie damit sagen?", presste sie schließlich zwischen den Lippen hervor.

„Uwe, ihr Jüngster, wurde mit einer Fraktur des rechten Handgelenkes und dann noch einmal mit einem Schädelhirntrauma im damaligen Bezirkskrankenhaus behandelt und Frank zwei Mal wegen einer schweren Rippenprellung. Und immer stellten die Ärzte Misshandlungen fest, die von Schlägen mit einem Gürtel stammten, diesem Gürtel."

Marianne deutete auf das Bild auf dem Tisch. Sabine Mollenhauer war inzwischen beängstigend blass geworden.

„Woher wissen sie das?", fragte sie leise und stieß einen Seufzer aus. „Er hat doch alle Beweise dafür vernichten lassen."

Mike sah sie eindringlich an. „Vernichten lassen?", fragte er.

Die Frau nickte. „Er hatte Freunde, nein, keine Freunde, ich weiß nicht, wie ich die nennen soll. Spießgesellen?" Sie winkte ab. „Egal. Er hatte Beziehungen und damit hat er alles, aber auch alles verschleiern, verschwinden, mundtot machen lassen."

Sie sah zu Marianne, die sie in ihrem Alter einschätzte. „Sie haben doch auch in der DDR gelebt, Frau Kommissarin. Das dürfte ihnen doch nicht fremd sein?"

Marianne sagte nichts, aber Mike rückte etwas nach vorn. „Können sie uns Namen nennen, Frau Mollenhauer?"

Diese grinste ihn an. „Nein", sagte sie. „Ich kenne von diesen Leuten niemand und dafür bin ich dankbar. Und falls sie mich das fragen wollen, nein, ich habe Friedrich nicht umgebracht, auch wenn ich es bereue, es damals nicht getan zu haben."

Sie erhob sich, um anzudeuten, dass das Gespräch zu Ende war.

Marianne sah Mike an, dass er noch etwas fragen wollte, aber sie schüttelte leicht den Kopf. Es hatte keinen Zweck, von Sabine Mollenhauer würden sie nichts mehr erfahren.

„Sehr ergiebig war das Gespräch ja nicht", sagte Mike auf dem Rückweg ins Präsidium, den sie zu Fuß zurücklegten, da das Präsidium quasi um die Ecke lag. Sie gingen durch den Durchgang, der die Pestalozzistraße mit der Freiheitsstraße verband.

„Wir wissen zumindest, dass sie den Gürtel erkannt hat und Friedrich Mollenhauer gute, sehr gute Beziehungen hatte", sagte Marianne und gemeinsam betraten sie das Präsidium, dem diensthabenden Beamten zunickend.

„Wenn er in der Lage war, Dokumente des Jugendamtes verschwinden und auch schwärzen zu lassen, war das nicht gerade Himpel und Pimpel, den er kannte", fuhr sie fort. „Er war mit der Staatssicherheit vernetzt, keine Frage. Als einfacher Lokführer hätte er kaum solch eine Möglichkeit gehabt."

Mike nickte. „Gut, das mag alles sein, aber das war vor über dreißig Jahren. Für mich haben die beiden Söhne von Sabine Mollenhauer das stärkere Motiv", sagte Mike und öffnete seine Bürotür. „Ich werde Martina in Leipzig anrufen."

Hauptkommissarin Martina Fritsch von der Kriminalpolizei in Leipzig hatte einmal mit Mike gemeinsam eine Weiterbildung besucht. Überdies hatten sie gemeinsam im Sommer in einem Mordfall ermittelt, der seinen Ausgang in Plauen hatte.

Er sah Marianne an. „Würdest du mit nach Leipzig kommen?"

Sie lächelte ihn an. „Keine zehn Pferde halten mich auf."

Kapitel 10

Uwe Mollenhauer bewohnte ein schickes Einfamilienhaus am Stadtrand von Leipzig. Die Anzahl der Fahrräder unter dem Carport ließen neben ihm und seiner Frau auf drei Kinder schließen, die sich im jugendlichen Alter befinden mussten.

Nachdem Mike geklingelt hatte, öffnete ein Mann, der seiner Mutter verblüffend ähnlich sah, neben den Gesichtszügen war es die große, schlanke Gestalt und das dichte blonde Haar.

„Herr Mollenhauer?", fragte Mike, nachdem er und Marianne sich ausgewiesen hatten. Dieser nickte und trat zur Seite, um sie eintreten zu lassen.

„Frau Hauptkommissarin Fritsch hat mir bereits ihr Kommen angekündigt."

Mike wusste von Martina Fritsch, dass Uwe Mollenhauer ein ziemlich erfolgreicher Bauunternehmer und in der Kommunalpolitik tätig war. Zweifellos kannte er Martina auch aus diesem Grund.

Im geräumigen Wohnzimmer, in dem ein Kamin dominierte, trafen sie auf die nächste Überraschung.

Von der dunklen Ledercouch erhob sich ein Mann, der die exakte Kopie von Uwe Mollenhauer zu sein schien. Sichtlich amüsiert über die Blicke der beiden Beamten streckte ihnen dieser die Hand entgegen.

„Frank Mollenhauer", stellte er sich vor.

„Unsere Mutter hat uns bereits informiert, dass Friedrich tot ist" sagte Uwe Mollenhauer und vermied damit ausdrücklich die Anrede Vater.

63

„Er wurde ermordet?", schaltete sich Frank Mollenhauer ein und sah abwechselnd von Mike zu Marianne. Letztere nickte und Uwe Mollenhauer stieß ein
kurzes Lachen aus.

„Gut. Irgendetwas musste ja mal passieren", sagte er
und sah seinen Bruder an, der zustimmend nickte.
Dann sah auch er die Beamten an und lächelte.

„Und jetzt denken sie, dass wir beide wohl ein Motiv
gehabt hätten, Friedrich zu töten?"

„Hatten sie?", fragte Mike nach.

Wieder verständigten sich die Brüder mit einem Blick
und Uwe nickte. „Ja, wenn jemand, dann wir."

„Wir haben ihre Krankenakten gelesen", wandte hier
Marianne ein und Frank Mollenhauer zog erstaunt
die Augenbrauen in die Höhe.

„Wow, dann ist es ihm also nicht gelungen die auch
noch zu vernichten? Wer hätte das gedacht", sagte er
sarkastisch und öffnete in Richtung der beiden Beamten seine Hände. „Friedrich hat es nicht anders verdient und wenn sie von mir eine andere Aussage erwartet haben, muss ich sie leider enttäuschen. Wer
immer das auch war, ich würde ihm gern eine
Dankeskarte schicken."

Damit schien er seine Aussage beenden zu wollen,
denn er lehnte sich zurück, schlug die Beine überei-
nander und schloss die Augen.

„Hat er auch ihre Mutter geschlagen?", fragte jetzt
Marianne unvermittelt und sah dabei Uwe Mollenhauer an.

Der schüttelte den Kopf. „Nein, nie und ich denke, er

hat sie nach seinen eigenen Maßstäben sogar geliebt."
Sein Bruder stieß ein Prusten aus, ließ die Aussage
aber unkommentiert.

Unbeirrt fuhr Uwe Mollenhauer fort. „Er war nur der
Meinung, uns nach jedem Vergehen oder was er als
solches erachtete, grün und blau schlagen zu müssen,
aber immer in Abwesenheit unserer Mutter. Uns hat
er klar gemacht, dass es noch erheblich schlimmer für
uns werden würde, wenn wir es ihr sagen würden.
Also schwiegen wir, sogar für mein gebrochenes
Handgelenk und Franks Rippenprellungen hatte er
eine plausible Erklärung. Schließlich hat sie es doch
herausgefunden und ist sofort mit uns ausgezogen.
Dann hat er uns dreien das Leben zur Hölle gemacht,
aber dann kam die Wende und der Spuk hatte ein
Ende."

Mike räusperte sich etwas und Frank Mollenhauer
sah ihn an. „Uwe, der Herr Hauptkommissar ist eher
nicht an unsere Lebensgeschichte interessiert, er sieht
uns als potenzielle Täter, nicht wahr?"

Mike nickte ihm zu. „Ich würde sie ausschließen wollen, sagen wir es so. Also, wo waren sie beide am
Abend des 29. November diesen Jahres?"

Jetzt erhob sich der ältere Bruder und ging auf eine
Anrichte zu. Dort nahm er einen Flyer und reichte
ihn Mike. „Ich hatte ein Orgelkonzert in der Niko-
laikirche. Bach. Wäre ich nicht seit 17.00 Uhr dort gewesen, wäre es wohl aufgefallen", sagte er und Mike
sah auf die Ankündigung des Konzertes mit Frank
Mollenhauers Konterfei.

Dann wandte er sich an dessen Bruder, aber ehe der etwas sagen konnte, fuhr Frank Mollenhauer fort.

„Uwe saß im Publikum, in der ersten Reihe, neben Superintendentin Frau Müller- Fahr und Herrn Pfarrer Kleinschmidt. Das dürften wohl ernstzunehmende Zeugen sein, oder? Und auch ich war die ganze Zeit an der Orgel, gut einsehbar, mit etwa 250 Zeugen, die mich sahen und hörten. Falls sie nicht andeuten wollen, es sein mein Avatar gewesen und die Bachkantate vom Band." Er lächelte erst Marianne, dann Mike an.

Letzterer schüttelte den Kopf. „Nein, das schließen wir mal aus. Gut, ein besseres Alibi kann wohl kaum jemand haben. Nur noch eine letzte Frage, dieser Gürtel, könnten sie den identifizieren?"

Er hielt den beiden Männern ein Foto hin und er sah, wie Uwe Mollenhauer scharf die Luft einsog. Sein Bruder blieb scheinbar gelassener, aber seine Hand zitterte leicht, als er das Bild in Richtung Mike zurückschob. „Das war so ein Gürtel, den Friedrich hatte. Aber…"

Er brach ab, als Mike wieder den Kopf schüttelte.

„Wie gesagt, an ihrem Alibi besteht kein Zweifel. Aber könnte jemand den Verdacht auf sie lenken wollen?"

Fast synchron schüttelten die Brüder den Kopf.

„Ich frage dann mal anders, fällt ihnen jemand ein, der Friedrich Mollenhauer getötet haben könnte?"

Die Brüder wechselten einen kurzen Blick.

„Wissen sie, Herr Hauptkommissar, wir wollen

niemand in Schwierigkeiten bringen," sagte Uwe Mollenhauer zögerlich.

Marianne Jäger sah ihn an. „Herr Mollenhauer, wir bekommen das in der Regel so oder so heraus. Aber sie würden uns Aufwand und Zeit ersparen, wenn sie es uns sagen."

Wieder wechselten die Brüder einen Blick.

Uwe Mollenhauer seufzte. „Friedrich hat ein Ehepaar verpfiffen, die eine Flucht in die damalige BRD planten. Wir zwei", er deutete auf seinen Bruder. „Wir haben es eines Abends gehört, als er es mit einem Mann im Wohnzimmer besprach."

Frank Mollenhauer grinste. „Der Idiot dachte wirklich, wir haben so viel Angst vor ihm, dass wir nie und nimmer lauschen würden, wenn er uns mal wieder auf unser Zimmer schickte."

Dann wurde er ernst. „Naja, die Quittung haben wir ja bekommen, da wäre es auf das eine Mal auch nicht angekommen."

„Jedenfalls", fuhr sein Bruder fort. „Es ging um ein Ehepaar namens Vollstedt. Ich kannte die beiden Kinder von ihnen, sie gingen mit uns in die Schule. Karsten und…" Er sah seinen Bruder hilfesuchend an. „Wie hieß die Schwester?"

Der zog leicht die Stirn kraus. „Katrin? Kerstin?"

Uwe Mollenhauer schüttelte den Kopf. „Nein, Kristin, jetzt fällt es mir wieder ein. Ein paar Tage später waren sie nicht mehr in der Schule und man munkelte, sie seien in einem Kinderheim. Also wenn die nach der Wende herausgefunden haben, wer sie damals verraten hat…" Er brach ab.

Frank Mollenhauer zuckte die Schultern. „Aber warum sollten sie dann so lange gewartet haben?"

Mike sah Marianne an und die nickte. „Danke, dass sie sich die Zeit genommen haben."

Als sich die Tür hinter ihnen geschlossen hatte, sagte Mike: „Die können wir vergessen, das Alibi ist 100 % dicht. Aber irgendjemand wollte den Verdacht auf sie lenken, das mit dem Gürtel war kein Zufall. Schauen wir mal, was wir über diese Vollstedts herausfinden."

Am Auto angekommen, sah Marianne Mike über das Dach hinweg an. „Dieser Friedrich Mollenhauer war ja wirklich ein übler Kerl."

„Und darum ist er jetzt tot", sagte Mike und stieg ein.

Kapitel 11

Mary Struwe hatte die Fotos des Skelettes sowie die vergrößerten Aufnahmen der Reste der Textilien an die Schauwand gepinnt. Kate, die in dem kleinen Beratungsraum saß, den man der SOKO „Skelett" zugeteilt hatte, ließ ihre Blicke immer wieder zwischen dem Autopsiebericht, dem Bericht der Spurensicherung und den Bildern hin und her gleiten.

„Warum ausgerechnet auf dem alten Truppenübungsplatz?", murmelte sie und sah Vicky Brauner an.

Diese zog hinter ihrer Brille die Augenbrauen nach oben. „Waren dort nicht auch die Russen, ich meine die damalige Sowjetarmee?"

Kerstin Nagler schüttelte energisch den Kopf. „Wenn du andeuten willst, es könnte sich um einen Russen handeln, nein. Für einen einfachen Soldaten hat er ein zu gutes Gebiss. Die Zahnplomben waren für DDR-Verhältnisse der Mercedes unter der Versorgung. Selbst für einen russischen Offizier, nein, ich denke, diese Sache können wir ausschließen."

Mary Struwe sah sie an. „Aber da muss doch über einen Zahnarzt etwas herauszufinden sein?"

Die Rechtsmedizinerin lächelte. „Nach dieser Zeit? Ich bin mir nicht mal sicher, ob diese Sanierungen hier in Plauen gemacht worden sind. Aber keine Angst, ich habe das Zahnschema an alle Zahnarztpraxen geschickt und es auch in den gängigen Medien der Dentisten veröffentlicht. Vielleicht geschehen noch Zeichen und Wunder und wir haben einen Treffer."

Kate nickte langsam. „Trotzdem sollten wir uns nicht darauf verlassen. Was ich mich die ganze Zeit frage, warum sollte er gefunden werden, denn das ist ja mehr oder weniger offensichtlich."

Mary Struwe, die sich gerade einen Kaffee eingeschenkt hatte, sah wieder an die Schautafel.

„Vielleicht ist der Täter einfach nur gestört worden?"
Energisch schüttelte Vicky Brauner den Kopf. „Nein. Erstens, wenn er ihn sicher hätte vergraben wollen, hätte er eine andere Stelle gewählt, ein Wald, irgendetwas entlegenes und keine Stelle, wo ständig Menschen ihre Hunde ausführen und laufen lassen, das war ja förmlich wie auf dem Präsentierteller. Zweitens, und das haben die Proben jetzt ergeben, lag er maximal vier Tage in dieser Mulde. Vorher muss er in einem Keller oder ähnlichem gelegen haben, wahrscheinlich hermetisch abgedichtet. Wir haben Spuren von Beton entdeckt. Ich denke also, ein Bereich, der zugemauert war."

Kate klopfte leise mit den Fingerspitzen auf die Tischplatte. „Wenn der Täter wollte, dass der Mann gefunden wird, warum macht er sich die Arbeit ihn dort heraus zu hacken, dort hinzubringen und so zu verstecken, dass er gefunden wird? Warum hat er nicht anonym die Polizei verständigt, wo er einbetoniert wurde?"

„Weil man dann hätte auf ihn schließen können. Es war also entweder ein Grundstück oder irgendetwas,

was mit ihm oder ihr in Verbindung steht", sagte Mary Struwe.

„Was ergeben die alten Vermisstenfälle?", fragte Kate nach und Mary verzog geradezu schmerzhaft das Gesicht. „Die Kollegen sind dran, aber wisst ihr, wer alles um die Wendezeit verschwunden ist? Viele sind einfach in den Westen abgetaucht, manche haben sich wieder bei ihren besorgten Verwandten gemeldet, manche nie und sicher sind auch manche einem Verbrechen zum Opfer gefallen."

Kerstin Nagler spielte gedankenverloren mit ihrer Kaffeetasse. „Was mir Kopfzerbrechen bereitet, ist dieser Genickschuss."

Kate nickte zu ihr hin. „Da bin ich ganz bei dir. Das ist eine Hinrichtung gewesen, wie gesagt, ich kenne das von Bandenkriegen, von der Mafia und aus dem Drogenmilieu, aber hier?"

Vicky Brauner hatte inzwischen auf ihr Tablet geschaut und hob jetzt triumphierend die rechte Hand. „Heureka, Mädels", sagte sie lachend. „Das kam ja jetzt wie auf Stichwort", erklärte sie ihren Heiterkeitsausbruch und deutete auf Kerstin. „Du hast uns ja die Kugel gegeben und wir wissen jetzt zumindest, was es für eine Waffe gewesen ist, mit der der Unbekannte erschossen wurde."

Als alle sie anstarrten, drehte sie ihr Tablet um. „Eine Makarow PM, 56-A-125", las Kate laut vor und ließ sich im Stuhl zurückfallen. „Die Waffe der Staatssicherheit", sagte sie und sah Mary an.

„Also, ich habe zur Familie Vollstedt recherchiert", sagte Marianne Jäger als sie Mikes Büro betrat. Dabei hielt sie einige Computerausdrucke in die Höhe.

„Die Brüder Mollenhauer haben die Wahrheit gesagt. 1987 wurden Martin und Brunhilde Vollstedt bei einem Fluchtversuch verhaftet. Ein Fluchthelfer wollte sie und die beiden Kinder in einem umgebauten Wohnmobil in den Westen bringen. Der Fluchthelfer wurde verurteilt, aber ziemlich zeitnah von der BRD freigekauft. Die beiden Vollstedts wurden verurteilt und saßen ein knappes Jahr ihrer Strafe ab, sie in Hoheneck und er in Bautzen. Dann konnten sie ausreisen. Die beiden Kinder allerdings blieben bis zur Wende in der DDR im Kinderheim. Erst danach kamen sie zu ihren Eltern nach Bayern."

Mike holte tief Luft.

„Na, wenn das kein Motiv wäre", sagte er und lehnte sich in seinem Stuhl zurück. Unwillkürlich musste er an den Fall vor ein paar Jahren denken, als es um Kinder ging, die von ihren Müttern in der Wendezeit einfach zurückgelassen wurden, als diese im vermeintlich goldenen Westen allein ihr Glück machen wollten.

Marianne blätterte gerade die Seiten um.

„Martin und Brunhilde Vollstedt haben bei Straubing eine Bäckerei übernommen, deren Besitzer damals verstorben war. Inzwischen sind sie Rentner, haben die Bäckerei verkauft und leben auf Mallorca, wegen des Rheumas von Martin Vollstedt. Karsten Vollstedt ist Rechtsanwalt in Landshut und seine Schwester

Kristin heißt jetzt Vollstedt-Wildner und lebt bei Hof auf einem Pferdegestüt, das sie gemeinsam mit ihrem Mann betreibt."

Sie legte die Blätter weg und setzte sich Mike gegenüber. „Glaubst du allen Ernstes, das die beiden Vollstedtkinder nach all der Zeit nach Plauen kommen und Friedrich Mollenhauer töten?"

Dieser seufzte hörbar auf. „Ja, sie haben ein Motiv, aber sicher hast du recht, es ist einfach verrückt."

Marianne nickte. „Gut. Ich nehme Kontakt zu den dortigen Behörden auf und lasse die Alibis überprüfen."

Mike wollte etwas sagen, dann sah er auf die Uhr. „Ach du liebe Zeit", sagte er und sprang auf. „Kates Verwandte aus Israel kommen heute an, sie bleiben dann über die Feiertage. Das habe ich total verschwitzt."

Marianne deutete zur Tür. „Dann los. Ich mache den Rest."

Zweifelnd sah er sie an. „Wirklich? Es macht dir nichts aus?"

Marianne drehte die Augen nach oben. „Hör auf mich wie eine Invalidin zu behandeln. Und jetzt raus." Mit einem Lachen hob Mike die Hand und griff nach seinem Mantel.

Bereits im Flur hörte Mike das Lachen von Kates Tante und als er eintrat, wandte sich diese zu ihm um und schloss ihn fest in die Arme.

„Na endlich, mein Junge, hattest wohl wieder viel zu tun?", sagte sie und strich ihm über den Arm.

Mike war von der unbändigen Herzlichkeit von Kates Tante teilweise oft genauso überfordert wie diese selbst. Seine eigene Mutter war ebenso wie Kates Mutter eher zurückhaltend, ja fast kühl, was Nähe und Zuwendung betrafen.

Das ihre Tante Sarah die Zwillingsschwester ihrer Mutter war, der sie stark ähnelte, konnte Kate anfangs kaum fassen, da sie charakterlich völlig unterschiedlich waren.

„Da siehst du mal, was soziale Prägung ausmacht", hatte Omar Amri Kate einmal gesagt und anders konnte sie es sich auch nicht erklären.

An der Rampe des Vernichtungslagers Auschwitz getrennt, war Rebecca als die Plauener Arzttochter Maria Clara Voigt aufgewachsen und hatte bis zu ihrem Tod am 11.September 2001, als sie mit Kates Vater gemeinsam in einer der Maschinen saß, die von Terroristen in das World Trade Center gesteuert wurden, nichts von ihrer wahren Herkunft gewusst.

Inzwischen hatte Mike die anderen Familienmitglieder, Sarahs drei Söhne und deren Frauen begrüßt. David und Raphael würden mit ihren Frauen bei Omar und Jasmin übernachten, während der älteste Sohn Gabriel mit seiner Frau ebenso wie seine Mutter bei ihnen schlafen würden.

„Katherina, schaust du bitte nach dem Essen?", rief sie jetzt in Richtung Küche, um dann in die Hände zu klatschen. „Setzt euch, setzt euch." Obwohl Esther, Davids Frau protestierte und sagte, sie könne das ebenso machen, eilte Tante Sarah in die Küche und kam kurz darauf, gefolgt von Kate zurück. Beide trugen eine Terrine und sofort flutete ein herrlicher Duft nach Kräutern den Raum. „Goldene Joich, Tante Sarahs berühmte Hühnersuppe", raunte Kate Mike zu, als er sich neben sie setzte.

Während des Essens ging es zu wie in einem Bienenstock, alle redeten durcheinander, Brot wurde über den Tisch gereicht, Wein eingegossen und herzhaft gelacht. Mike sah zu Kate, deren Wangen leicht gerötet waren von der Wärme der Suppe und der angeregten Gespräche.

Als es klingelte, ging er zur Tür und Omar stand davor. „Komm rein", sagte er und bevor dieser etwas sagen konnte, hatte Mike bereits den hünenhaften Rechtsmediziner in das Wohnzimmer geschoben. Tante Sarah erhob sich, trippelte auf ihn zu und sank in dessen bärenhafte Umarmung. „Hallo, mein Lieber. Komm, es ist noch ausreichend da."

Ohne eine Chance das abzulehnen, wurde noch ein Stuhl und ein Teller herangebracht und Omar auf seinen Platz befördert. „Mike, ich wollte eigentlich etwas zu dem Toten…", begann dieser.

„Junge, sprich nicht davon an diesem Tisch. Das hat alles Zeit. Iss jetzt", wurde er von Kates Tante unterbrochen, die ihn mit einem so strengen Blick maß, dass der Gerichtsmediziner wie ein ertappter Schuljunge den Kopf senkte und gehorsam seine Suppe löffelte, was bei Kate einen Lachanfall hervorrief. Erst eine Stunde später, Tante Sarah war auf der Couch eingeschlafen und Gabriel hatte behutsam eine Decke über sie gebreitet und winkte die anderen hinaus, war Omar Mike in den Flur gefolgt.

„Ich wollte dir nur sagen, dass wir unter den Fingernägeln des Opfers etwas gefunden haben."

Als er Mikes Blick bemerkte, schüttelte er den Kopf. „Nein, keine DNA, leider. Es ist eine Substanz, ein Steinsediment, was weiß ich. Jedenfalls habe ich eine Probe Karsten gegeben, nur das du informiert bist."

Mike sah zu Kate, die gerade David, Ester, Raphael und Mava verabschiedete, die gegenüber von Jasmin bereits erwartet wurden. „Denkst du, er ist irgendwo gefangen gehalten worden, wo dieses Gestein war?"

Langsam schüttelte Omar den Kopf. „Das würde zeitlich wohl kaum hinkommen. Nein, es sieht so aus, als hätte er damit gearbeitet, er hatte auch Abschürfungen an beiden Händen, kleinere Verletzungen und eine Blase, wie jemand, der seinen Garten umgegraben hat und es nicht gewöhnt ist."

Mike schüttelte bekümmert den Kopf. „Na toll. Wir haben Verdächtige, die alle ein Alibi haben und jetzt noch die Tatsache, dass sich Mollenhauer durch das Erdreich gebuddelt hat." Er klang mehr als frustriert.

Omar klopfte ihm auf die Schulter. „Lass erst mal Karsten seine Arbeit machen."

Kapitel 12

Als Mike nach Hause kam, wunderte er sich über die Kühle, die ihn im Flur erwartete. Ohne den Mantel auszuziehen, ging er in Richtung Bibliothek.

Die Tür zur Veranda stand offen und als er sie schließen wollte, sah er Gabriel, der auf der unteren Stufe stand und rauchte. Er sah zu Mike hoch und drückte die Zigarette aus.

„Entschuldige, ich bin extra weit nach unten gegangen, dass der Rauch nicht hereinzieht, ich weiß doch, dass Katherina das hasst." Lächelnd kam er nach oben und Mike schloss die Tür hinter ihm.

Er war immer wieder fasziniert, wie akzentfrei Kates Cousins Deutsch sprachen, obwohl sie das Geburtsland ihrer Mutter vorher noch nie besucht hatten.

Gabriel setzte sich in die Nähe des Kamins und sah Mike an. „Wir waren nicht nur auf einer deutschen Schule, Mutter hat mit uns meistens Deutsch gesprochen, unser Vater Hebräisch und Jiddisch."

Er lachte. „Und wenn sich unsere Eltern gestritten haben, dann auf Polnisch, weil sie dachten, wir verstehen es nicht."

Mike schüttelte den Kopf. „Lernt man bei eurer…Behörde auch das Gedankenlesen?", fragte er und betonte das Wort Behörde besonders, weil niemand in der Familie laut aussprach, dass Gabriel beim Mossad, dem israelischen Geheimdienst, arbeitete.

Der grinste. „Das war doch die leichteste Übung. Ich

sah an deiner Miene, dass dich etwas verwunderte und da ich ausschloss, dass es mein Rauchen war, konnte es nur mein akzentfreies Deutsch sein."

Jetzt grinste auch Mike. „Gut, ich weiß jetzt zumindest, dass ich an meiner Mimik arbeiten sollte."

Er zog den Mantel aus und setzte sich zu Gabriel. „Sind alle ausgeflogen?", fragte er.

Der schüttelte den Kopf. „Katherina ist mit den anderen drüben bei Omar und Jasmin und Mutter hat sich hingelegt." Er beobachtete, wie Mikes Blick zu Uhr ging.

„Mitten am Tag?", fragte dieser, der Kates Tante Sarah als ein absolutes Energiebündel in Erinnerung hatte. „Macht ihr der Jetlag so zu schaffen?"

Gabriel sah ihn eine Weile regungslos an, dann seufzte er. „Es ist ihr Herz", sagte er leise und Mike schluckte. „Schlimm?"

Sein Gegenüber nickte. „Ja. Sie bekommt Medikamente, eine OP stand im Raum, die sie ablehnt. Das ist auch der Grund, warum wir alle zusammen nach Deutschland gekommen sind. Wir wollten mit Katherina und dir das Weihnachtsfest verbringen und dann nach Berlin fahren. Mutter will uns das Haus zeigen, in dem sie, Katherinas Mutter und ihre Eltern lebten und auch Erinnerungen an andere Verwandte, von denen keiner den Holocaust überlebt hat."

Ehe Mike etwas antworten konnte, sagte eine leise Stimme: „Sei nicht so dramatisch, Junge. Du verdirbst doch allen das Weihnachtsfest."

Die beiden Männer fuhren herum, und die alte Dame

stand in der Tür.

Gabriel wollte sich erheben, aber sie hob die Hand. „Ist schon gut. Ich wollte mir nur etwas zu trinken holen." Dann sah sie Mike an. „Sei so lieb und sage Katherina nichts, ich will nicht, dass sie sich Sorgen macht."

Sie sah von Mike zu Gabriel. „Das Leben ist nun einmal endlich und ich hatte ein gutes, erfülltes Leben. Ich habe drei gute Söhne, drei wunderbare Schwiegertöchter und tolle Enkelkinder. Und ich habe eine Nichte, die mich sehr glücklich macht." Sie holte Luft und lächelte. „Und ich lebe noch."

Mit einem Nicken ging sie so geräuschlos, wie sie gekommen war, wieder hinaus.

Gabriel wandte sich nach einer Weile Mike zu. „Wie steht es um euren Fall mit dem toten Weihnachtsmann?" Damit stellte er klar, dass er sich nicht weiter über die Krankheit seiner Mutter unterhalten wollte.

Mike seufzte und lehnte sich zurück. „Es gibt einen Haufen an Verdächtigen, aber alle mit Alibi und wir haben noch immer keinen richtigen Anhaltspunkt, wie genau es die Täter fertiggebracht haben, Mollenhauer auf diese Pyramide zu bringen. Immerhin lebte er da noch, wenn auch stark alkoholisiert und sediert. Was aber wichtiger ist, warum wurde er getötet und von wem?"

Gabriel nickte langsam. „Könnte ich mir die Akten einmal anschauen, auch den Obduktionsbericht?"

Mike zögerte nicht, obwohl er es nicht tun dürfte.

Einen Fremden, Mossad-Agent hin oder her, in einen laufenden Fall zu involvieren, war eigentlich ein Unding. Aber er hatte das Gefühl, das Wasser stand ihnen bis zum Hals. Nichts, aber auch Garnichts bewegte sich in diesem Fall vorwärts. Alles Sackgassen.

„Das wäre gut, wenn du mit deinem ungetrübten Blick darauf schauen könntest. Vielleicht übersehen wir einfach etwas", sagte er schnell, aus Angst, es sich wieder anders zu überlegen.

Er brachte sein Diensttablet und stellte es vor Gabriel hin. Dieser las schweigend, scrollte auf und ab und Mike sah, wie dessen Augen hin und her glitten. Nach einer guten halben Stunde erhob er sich schließlich und sah Mike an.

„Ich würde mir jetzt gern alles vor Ort anschauen, wenn du nichts dagegen hast", sagte er und Mike nickte. „Klar doch", sagte er.

„Ihr wollt doch wohl nicht ohne mich gehen, oder?" Mike fuhr herum und fasste sich an die Brust.

„Mein Gott, müssen sich alle Frauen in dieser Familie so anschleichen?", fragte er, was bei Gabriel ein breites Grinsen hervorrief.

Kate sah die beiden Männer verständnislos an, während Mike sich erhob. „Na gut, begleite uns, wenn du mit eurem Skelettfall nicht schon genug Arbeit am Hals hast."

Es war erst früher Nachmittag, als sie auf dem Weihnachtsmarkt eintrafen. Mike hatte Gabriel und Kate von der Wohnung Friedrich Mollenhauers in der Nobelstraße über das Bänkegässchen zur Pyramide geführt.

Dabei hatte er Gabriel die bisher bekannten Orte gezeigt, als dieser schweigend, aber scheinbar hochkonzentriert, neben ihm entlanglief.

An der Pyramide angekommen, fuhr der Blick von Kates Cousin nach oben.

„Dort saß er also?", fragte dieser und ging langsam um die Pyramide herum.

Als Mike nickte, schaute Gabriel zurück zum Bänkegässchen. „Also, einer hat die Security abgelenkt?", fragte er nach.

Wieder nickte Mike. „Diese dachten, es wäre Mollenhauer, weil er auch nach Alkohol roch und sie ihn unter der Maske nicht erkennen konnten. Weil er etwas schwankte und desorientiert erschien, führte ihn der eine von ihnen noch bis dort hinunter."

Er zeigte zur ehemaligen Alten Apotheke.

„Die anderen Mitarbeiter schienen sich darüber ziemlich zu amüsieren und schauten ihnen nach."

Gabriel ließ wieder den Blick schweifen.

„Wenn also drei weitere Weihnachtsmänner, scheinbar gut gelaunt, von da oben gekommen sind, wäre das niemand sonderlich aufgefallen?"

„Drei?", fragte Mike etwas verwirrt und Kates Cousin nickte.

„Einer allein kann das völlig betrunkene und

betäubte Opfer wohl kaum bewältigt haben, geschweige nach da oben hieven. Also waren sie zu zweit und hatten ihr Opfer in der Mitte. Sie waren mit Sicherheit als Weihnachtsmänner verkleidet, das war am unauffälligsten und die beste Tarnung. Sie hätten die Sache zu jeder Zeit abbrechen können und wären unerkannt geblieben."

Gabriel trat näher an die Pyramide heran. „Wie weit oben war er?"

Mike deutete auf die erste Etage. Kate, die neben ihrem Cousin stand, zeigte auf eine kleine Treppe, die verborgen hinter einigem Tannengrün war.

„Diese diente zum Aufbau und zu eventuellen Reparaturen", erläuterte sie. Diese Information hatte ihnen die Marktmitarbeiter gegeben.

Gabriel nickte. „Ganz einfach. Die Pyramide war dunkel und noch nicht in Betrieb. Hier, diese Treppe liegt direkt dahinter und konnte nur durch eine Seite eingesehen werden. Da war aber mit Sicherheit niemand von der Security."

Kate lächelte. „Ja, die waren alle mit dem scheinbar orientierungslosen Weihnachtsmann beschäftigt und ihrem Kollegen, der ihn zu steuern versuchte."

Gabriel sah jetzt Mike an. „Sie haben ihn da hoch gesetzt und erwürgt, zwei, allenfalls drei Minuten. Trotzdem, ein Risiko. Aber die Männer wussten was sie taten."

Langsam trat er zurück und sah von Kate zu Mike und dann wieder zurück zu seiner Cousine.

„Euer Skelett, du hast mir doch erzählt, er wurde mit

einer Makarov erschossen?"

Als diese nickte, sah er Mike an. „Die Waffe des alten Geheimdienstes der ehemaligen DDR."

„Ja", sagte Mike etwas verwirrt, als Gabriel fortfuhr. „Das hier sieht mir irgendwie auch so aus. Seid ihr noch nicht auf die Idee gekommen, dass eure Fälle zusammengehören könnten?"

Wenig später saßen sie zu dritt in der Kaffeerösterei und es war wohl nur der noch frühen Stunde zu verdanken, dass nicht alle Plätze besetzt waren, zumal das Weihnachtsgeschäft geradezu zu brummen schien.

Während Kate Cappuccino orderte, blieben die beiden Männer bei Kaffee schwarz.

Gabriel zog leicht die Augenbraue nach oben und nickte zustimmend in Richtung Tresen.

„Der schmeckt wirklich ganz ausgezeichnet", sagte er und legte dann beide Hände vor sich auf die Tischplatte. Mit einem schnellen Blick an die anderen besetzten Tische beugte er sich leicht nach vorn.

„Katherina hat wohl eine ähnliche Überlegung angestellt?", fragte er schließlich und sah seine Cousine an, die zögerlich nickte.

Mike sah zwischen beiden hin und her und atmete schließlich tief ein.

„Würden mir dann die beiden Geheimdienstmitarbeiter sagen, was wir übersehen haben?", fragte er spitz, was Kate ein Lächeln entlockte.

„Ich war beim FBI und nicht beim Geheimdienst", sagte sie, während sich Gabriel ganz eines Kommentares enthielt.

Dann wurde sie ernst. „Als Omar über die Substanz unter Friedrich Mollenhauers Fingernägeln sprach, musste ich an Kerstin Nagler denken. Sie hat, genau wie Vicky, Betonreste festgestellt. Der Tote war, sicher über Jahrzehnte, in einem Raum, einem Keller, was weiß ich wo, aber dort wurde er mit diesem

Beton kontaminiert. So viel Zufall kann es doch nicht geben, oder?"

Mike seufzte und stand auf. „Moment", sagte er und während er durch die Hintertür verschwand, sah Kate, wie er zu seinem Smartphon griff.

„Ist er jetzt…"

„Angefressen? Nein, dazu ist er zu sehr Profi", unterbrach Kate ihren Cousin, der seinerseits breit grinste. Dann sah er Kate lange an. „Ich bewundere es, dass ihr so gut zusammenarbeitet. Ich könnte mir das nicht vorstellen."

Kate nippte an ihrem Cappuccino. „Normalerweise haben wir schon unsere eigenen Bereiche, aber seit ich als externe Beraterin für die Polizei arbeite, haben wir deutlich mehr Berührungspunkte." Sie setzte ihre Tasse ab. „Aber es klappt gut, wirklich."

Ehe Gabriel etwas sagen konnte, kam Mike zurück und setzte sich wieder. „Ich habe Karsten gebeten, beide Proben zu vergleichen. Wenn es einen Treffer gibt, dann habt ihr recht."

Er lehnte sich zurück und gab Daniel ein Zeichen, nochmals die gleichen Getränke zu bringen. Gabriel sah ihn an.

„Das ist schon eine ziemlich obskure Sache, nach über 30 Jahren."

Mike wedelte mit dem Zeigefinger in seine Richtung. „Nicht zu schnell. Noch wissen wir nicht, ob es wirklich einen Zusammenhang gibt. Und selbst wenn, ich habe immer noch einen aktuellen Mordfall mit lauter Verdächtigen und Motiven, aber keinem Täter in

Sicht." Er nippte von seinem Kaffee.

„Ich kann verstehen, dass du unzufrieden bist", sagte Gabriel nach eine Weile. „Aber mein Instinkt sagt mir, dass die Fälle zusammenhängen."

Dann wandte er sich an Kate. „Habt ihr schon eine Spur, wer euer Toter ist?"

Diese schüttelte den Kopf. „Nein, aber ich wäre dankbar, wenn du auch mal in unsere Akten schaust. Vielleicht siehst du das Detail, was uns weiterbringt."

Sie sah zu Mike, der die Schultern zuckte. „Ja, von mir aus, aber kläre das mit Mary, es ist ihr Fall."

Kapitel 13

„Warum nicht?", hatte Kommissarin Mary Struwe gesagt, die scheinbar genauso frustriert war wie Mike, da es nicht nur bei seinem, sondern auch bei ihrem Fall einfach kein Weiterkommen gab.

Kate hatte ihren Cousin als einen leitenden Beamten einer israelischen Strafverfolgungsbehörde vorgestellt, was diese ohne weiteren Kommentar hinnahm. Er hatte an einem Abend die gesamten Akten durchgearbeitet und ihnen dann vorgeschlagen, sich alle bei Kate privat zu treffen, da sein Erscheinen im Polizeirevier doch nicht unwesentliche Probleme mit sich gebracht hätte.

Außerdem hatte er vorgeschlagen, auch Mike, Marianne, Omar und Karsten Windisch mit hinzuzuziehen, so dass diese gemeinsam mit Kate, Mary Struwe, Vicky Baumert und der frisch gebackenen Frau Doktor Kerstin Nagler in der geräumigen Bibliothek der Familie Schulz/Köhler saßen.

Kate hatte auf Gabriels Wunsch einen Flipchart mit Block aufgestellt.

Dieser fasste mit kurzen Worten zusammen, was er bisher zu beiden Fällen wusste.

„Kerstin hat festgestellt", sagte er, nachdem sich alle Anwesenden geeinigt hatten, sich zu duzen. „Der Tote hatte sehr gut sanierte Zähne."

Die Rechtsmedizinerin nickte. „Ja, ungewöhnlich gut, für DDR-Verhältnisse, meine ich."

Er sah sie eindringlich an. „Aber für die damalige Bundesrepublik nicht?"

Sie zuckte langsam die Schultern und warf ihrem ehemaligen Doktorvater einen Blick zu, der gewillt war, sich hier zurückzuhalten. Es war ihr Fall.

„Was meinst du, Prof?", fragte sie, das erste Mal in ihrem Leben ihren Chef duzend.

Ehe Omar antworten konnte, grätschte Vicky Baumert dazwischen. „Wir haben eindeutig Produkte aus der ehemaligen DDR bei ihm gefunden."

Gabriel winkte ab. „Fundort war nicht Tatort und schon gar nicht 30 Jahre Aufenthaltsort des Toten. Ich werfe mal die Idee auf, dass die Überbleibsel geschickt platziert worden sein könnten."

Jetzt beugte sich Karsten Windisch, Vickys Chef, nach vorn. „Aber das gesamte Auffindemuster deutet darauf hin, dass diese Sachen bereits vorher bei ihm waren", widersprach er Gabriel.

„Um auf Kerstins Frage zurückzukommen", wandte jetzt Omar mit lauter Stimme ein. „Ja, diese Art der Zahnsanierung war in der ehemaligen Bundesrepublik bereits Standard. Aber…"

Omar hob die Hand, als Vicky etwas einwerfen wollte. „Auch in der ehemaligen DDR hatte man bereits das notwendige Know-how dafür, allerdings aus Kostengründen nicht für die breite Bevölkerung."

Kate spitzte etwas die Lippen. „Dann könnte es sich um jemand gehandelt haben, der entsprechende Verbindungen hatte."

Omar nickte.

Kate sah zu ihrem Cousin, der einen langsamen Takt mit den Fingerspitzen auf den Tisch klopfte. Dann sah er auf und in die Runde.

„Alle könnten recht haben", sagte er schließlich. „Er trug Kleidung aus der ehemaligen DDR, weil er hier lebte und er hatte das gut sanierte Gebiss, weil es in der Bundesrepublik saniert bekam."

Er lächelte Kate zu, die sich mit der flachen Hand gegen die Stirn schlug.

„Natürlich. Ein Agent", sagte sie und schüttelte den Kopf. „Das wir da nicht eher drauf gekommen sind."

Gabriel zuckte die Schultern und erwiderte nichts.

Nun ja, Kate wunderte sich nicht, dass ausgerechnet er darauf gekommen war, sie würde sich aber hüten, es vor den anderen zu sagen. An Mikes Miene sah sie jedoch, dass dies auch sein Gedanke war.

Omar nickte langsam. „Gut, nehmen wir an, Gabriel hat recht. Er ist also aufgeflogen und die Stasi hat ihn eliminiert, aber warum ihn dann verstecken?"

„Wenn das gerade zur Wende passiert ist?", fragte jetzt Marianne, die bisher geschwiegen hatte. „Da war ja alles in Auflösung begriffen. Das könnte eine Erklärung sein. Sie haben den Agent", sie malte dabei Gänsefüßchen in die Luft, „erschossen und wussten nicht wohin mit der Leiche. Also haben sie sie irgendwo eingeschlossen und den Eingang zubetoniert."

Mike wandte sich ihr zu. „Ja, gute Geschichte, aber was hat das alles mit Friedrich Mollenhauer und seinem Tod zu tun?"

89

„Die Betonreste unter seinen Fingernägeln sind identisch mit denen, die Vicky an eurem unbekannten Toten gefunden hat", warf hier Karsten ein.

Mike schnellte zu ihm herum.

„Und warum erfahre ich das erst jetzt?", fuhr dieser ungewöhnlich grob den Leiter der Spurensicherung an. Der hob sein Tablet in die Höhe.

„Immer langsam mit den jungen Pferden, Herr Hauptkommissar. Die Info hat mich gerade erreicht, auf Stichwort, sozusagen."

„Sorry", murmelte Mike, was Karsten mit einer Geste abtat.

„Damit haben wir die Verbindung", meinte Marianne lakonisch und trat an den Flipchart. In den nächsten Minuten erstellte sie mit der ihr eigenen Effizienz eine Übersicht.

Mit gerunzelter Stirn sah Mike auf das beschriebene Blatt.

„Ich habe das Gefühl, wir haben noch mehr Fragen als vorher", sagte er stöhnend. „Wer ist der unbekannte Tote? Warum hat Mollenhauer ihn nach all der Zeit ausgebuddelt, um ihn dann so zu platzieren, dass ihn jeder finden kann und vor allen Dingen, wer hat Mollenhauer umgebracht und warum?"

Frustriert ließ er sich in seinem Sessel zurücksinken.

„Dann solltet ihr euch eine Strategie überlegen", ließ sich Gabriel vernehmen.

Kate nickte ihm zu. „Wenn der unbekannte Tote ein Agent war, muss irgendjemand von seinem Verschwinden erfahren haben."

Mike winkte ab. „Ehe wir Informationen vom BND bekommen, wird eine alte Frau wieder jung."

Kate wechselte einen kurzen Blick mit Gabriel.

„Ich könnte Ben einschalten. Er hat noch die Verbindungen, über die ich leider nicht mehr verfüge. Inoffiziell natürlich", sagte sie und sah Mary an.

Die atmete auf. „Das wäre toll. Wenn wir wenigstens einen Namen hätten."

Sie sah zu Mike, der seinerseits nickte. Dann setzte er sich wieder im Sessel aufrecht hin. „Ich glaube wirklich, das ist unsere einzige Chance. Nur so finden wir auch die Mörder von Mollenhauer."

Gabriel sah zu Omar. „Was ist eigentlich bei diesem anderen Mann herausgekommen, der eigentlich den Weihnachtsmann geben sollte?"

Omar zuckte die Schultern. „Die Kollegen haben weder bakteriell noch viral etwas gefunden, was den Brechdurchfall erklären könnte. Vermutlich hat man ihm ein Laxanzium verabreicht, auf das er so reagiert hat. Es könnte Rizinus gewesen sein."

Marianne Jäger schüttelte sich. „Aber das schmeckt man doch."

Omar wog den Kopf hin und her. „Nicht unbedingt. Was hat er denn an jenem Abend in der Kneipe getrunken, wo er war?", fragte er jetzt zurück und Marianne sah ihre Notizen durch.

„Ein Bier und zwei Magenbitter."

Omar öffnete die Hände. „Na bitte. Im Magenbitter schmeckt er es nicht, noch dazu, wenn er ihn auf Ex getrunken hat."

Kapitel 14

„Herr Doktor Gebhardt, ich melde sie doch gern an",
hörte Kate Marias Stimme und in diesem Moment
wurde bereits ihre Bürotür aufgerissen.

Kate erhob sich langsam hinter ihrem Schreibtisch
und trat in die Mitte des Raumes. „Bitte, Herr Doktor
Gebhardt." Sie deutete auf ihre Sitzecke, während sie
Maria zulächelte, die verlegen die Schultern zuckte.

„Danke", sagte sie zu ihr. Nachdem diese die Tür geschlossen hatte, sah Kate den Staatsanwalt an, der sie
mit eisiger Miene musterte.

„Was ist das mit ihrem Verwandten, der bei einer israelischen Strafverfolgungsbehörde arbeitet und sich
hier in unsere Fälle einmischt?"

Konstantin Gebhardt bemühte sich nicht einmal um
ein Minimum an Höflichkeit, so aufgebracht war er.
Kate ging zu ihrer Sitzecke, nahm Platz und deutete
auf den Stuhl ihr gegenüber. Als Gebhardt nicht reagierte und stehen blieb, schenkte sie sich ein Glas
Wasser ein, nippte daran und lehnte sich zurück.

„Ich warte", stieß er zwischen den Zähnen hervor
und Kate nickte. „Ich auch", sagte sie ruhig und deutete erneut auf den Stuhl. Mit einem Brummen ließ
sich der Staatsanwalt auf diesen fallen und starrte sie
an. „Also?", fragte er.

Kate stellte langsam ihr Glas ab. „Woher haben sie
das?", fragte sie zurück.

„Das ist irrelevant", entgegnete er und Kate zuckte
lakonisch die Schultern.

Als er spürte, dass von Kate wohl keine Antwort zu erwarten war, seufzte Gebhardt. „Ein ehemaliger Mitkommilitone von mir, Jens Friedrich Baumann, Oberstaatsanwalt am Oberverwaltungsgericht, hat mich empört angerufen."

Kate runzelte leicht die Stirn. „Was interessiert sich ein Oberstaatsanwalt vom Oberverwaltungsgericht dafür?", fragte sie zurück.

Da es Gebhardt klar war, dass er bei ihr mit einem „Das geht sie gar nichts an, Frau Schulz", keinen Schritt weiterkommen würde, seufzte er erneut auf, was Kate ein leises Lächeln entlockte.

„Keine Ahnung", gestand er schließlich zögerlich ein und ergriff ebenfalls eine Flasche mit Mineralwasser. „Er habe eine Information vom BND bekommen."

Kate spitzte etwas die Lippen. „Interessant, sehr interessant", sagte sie leise, worauf Gebhardt sie ansah.

„Ach ja?", fragte er mit einem zynischen Unterton und sie nickte unbeeindruckt.

„Ja. Finde ich. Wieso hat sich diese ominöse Quelle beim BND nicht an sie gewandt oder Hauptkommissar Kögler als Leiter des Plauener Polizeirevier, sondern an einen Oberstaatsanwalt, der damit nichts zu tun hat?" Gebhardt, der sich anscheinend beruhigt hatte und wieder klarer denken konnte, nickte langsam. Dann sah er Kate angriffslustig an.

„Was ist das jetzt mit ihrem Verwandten?", fragte er. Kate holte tief Luft. Es blieb ihr nichts weiter übrig als Gebhardt reinen Wein einzuschenken und zu versuchen, ihn auf ihre Seite zu ziehen.

„Wir haben die Vermutung, dass die Fälle des Toten vom ehemaligen Truppenübungsplatz und der Fall Mollenhauer zusammenhängen. Weiterhin vermuten wir, dass der Tote vom Truppenübungsplatz zwar in der ehemaligen DDR lebte, aber aus der Bundesrepublik stammte."

Gebhardt hatte sich nach vorn gebeugt, um scheinbar kein Wort von Kate zu verpassen. Die hob etwas die Hände. „Alles spricht dafür, dass er ein Agent war, der von der Staatssicherheit enttarnt und liquidiert worden war. Aber dazu benötigen wir erst einmal seine Identität." Sie räusperte sich. „Mein ehemaliger Partner Ben Thomson beim FBI hat noch immer gute Verbindungen zum BND und…"

„Ich möchte wissen, welche Rolle ihr Verwandter hier spielt und nicht ein FBI-Agent im fernen Atlanta", unterbrach Gebhardt sie.

Kate nahm einen Schluck von ihrem Wasser und stellte langsam ihr Glas ab. Es brachte nichts, Zeit zu schinden. Sie musste Gebhardt alles sagen.

„Herr Staatsanwalt", begann sie förmlich. „Kann ich mich darauf verlassen, dass es hier in diesem Raum bleibt, was ich ihnen jetzt sage?"

Der Staatsanwalt schien zu zögern, dann sah er Kate eindringlich an, die ihren Blick keine Sekunde abwandte. Schließlich nickte er. „Also gut, sie haben mein Wort", sagte er mit einem leisen Stöhnen.

„Mein Cousin Gabriel hat eine leitende Position beim israelischen Geheimdienst", sagte sie und Gebhardts Augen wurden groß.

„Mossad?", fragte er leise, fast ehrfürchtig und wäre die Situation nicht so ernst gewesen, hätte Kate schallend gelacht. Stattdessen nickte sie nur.

„Davon wissen nur meine Familie, mein Mann und jetzt sie, Herr Staatsanwalt."

Der ließ sich zurück in seinen Stuhl fallen. Kate ihrerseits beugte sich leicht vor. „Sie wussten es also nicht, auch nicht dieser Oberstaatsanwalt?"

Gebhardt schüttelte den Kopf. „Nein. Er sagte mir nur, dass ein Zivilist, ein Verwandter von ihnen, bei den Ermittlungen mitmischen würde und wohl Verbindungen zum BND haben würde."

Das erleichterte Kate ungemein. Wer immer hier mitzumischen schien, wie Gebhardt es auszudrücken pflegte, kannte Gabriels wahre Identität nicht. Dann sah sie den Staatsanwalt an. „Wie machen wir jetzt weiter, Herr Doktor Gebhardt?"

Der erhob sich und ging langsam in Kates Büro auf und ab. „Wann erwarten sie denn ein Ergebnis, ich meine die Identität des Toten betreffend?"

Kate zuckte die Schultern. „Wir hoffen bald, sehr bald. Jedenfalls um Lichtjahre eher als mit einer offiziellen Anfrage an den BND."

„So von dort überhaupt eine Antwort käme", ergänzte Gebhard und blieb vor Kate stehen.

„Wissen sie was, Frau Schulz. Machen sie weiter, aber ich möchte über alles informiert werden."

Kate nickte.

Gebhardt zögerte eine Weile, dann holte er tief Luft. „Und finden sie heraus, warum Jens Friedrich

Baumann so erpicht darauf ist, dass ich mich dafür einsetze, dass hier niemand mehr weiter ermittelt."

„Sie mögen ihn nicht besonders, oder?", sagte Kate mit einem kleinen Lächeln.

Gebhardt wog den Kopf langsam hin und her.

„Jens Friedrich Baumann war schon immer ein intrigantes Arschloch, wenn sie mir die derbe Ausdrucksweise verzeihen wollen. Er hat sich, wie auch immer, durch seine Staatsexamen geschmuggelt und sich mit was weiß ich den Posten erschlichen, auf dem er jetzt sitzt."

So hatte Kate den Staatsanwalt noch nie erlebt und sie konnte sich auch denken, woher dieser Ausbruch kam. Scheinbar hatte man genau ihn bei der Postenbesetzung übergangen. Das musste dem karriereaffinen Staatsanwalt stark getroffen haben. Aber natürlich würde sie sich hüten, ihm das zu sagen. Stattdessen erhob sie sich.

„Wenn irgendetwas zu finden ist, werden wir es finden und sie erfahren es als Erster, versprochen."

Er reichte ihr die Hand und zögerte noch einen Augenblick.

„Dieser Mordfall Mollenhauer, wenn er damit zusammenhängt, wäre es gut, wenn wir ihn auch zeitnah aufklären könnten, der Oberbürgermeister sitzt mir noch immer im Genick." Er holte Luft.

„Wegen des Ministerpräsidenten", sagte er zeitgleich mit Kate und spontan mussten sie lachen.

Kate sah aus dem Fenster ihres Büros und zog langsam die Unterlippe zwischen die Zähne. Dann nahm sie ihr IPhone, das gerade klingelte.

„Steven, hast du was herausbekommen?", fragte sie, den Wagen, der am Oberen Graben parkte, nicht aus den Augen lassend.

„Er ist auf eine Autoverleihfirma zugelassen und dort hat ihn ein Harry Türk ausgeliehen, erst einmal für zehn Tage, wahrscheinlich…"

Er brach ab, als Kate lauthals lachte.

„Was ist?", fragte er verwirrt.

Kate räusperte sich kurz. „Scheinbar bist du zu jung, aber Harry Türk war einer der meistgelesenen DDR-Schriftsteller. Das nenne ich ja mal Humor."

„Hmm", machte Steven. „Da wäre es doch interessant, welche Papiere er vorgelegt hat."

Kate lächelte, was Steven nicht sah. „Gut. Dann schau mal nach. Du meldest dich?"

Als Steven aufgelegt hatte, hörte sie Matt, der draußen mit Chris und Maria erzählte. „Matt, kannst du mal bitte kommen?", rief sie durch die angelehnte Tür und dieser trat kurz darauf ein.

Kate winkte ihn zum Fenster. „Seit zwei Tagen beobachtet der Kerl da drüben das Büro und gestern stand er in der Nähe unseres Hauses."

„Ziemlich dilettantisch", murmelte Matt und sah mit gerunzelter Stirn auf die Straße.

Kate schüttelte den Kopf. „Nein, denke ich nicht. Er will, dass ich seh das er mich beobachtet, mich, euch, meine Familie."

Matt holte so tief Luft, das sein Sweatshirt sich straff über seine beeindruckenden Brustmuskeln spannte.

„Dann sollte ich ihm wohl mal einen Besuch abstatten", brummte er.

Kate wandte sich vom Fenster ab und lächelte Matt an. „Danke, aber ich denke, ich biete ihm ein besseres Schauspiel."

Sie klopfte Matt auf die Schulter und ging in die Diele. „Maria, rufst du bitte Bogdan an und stellst ihn zu mir durch?"

Es war den beiden Männern anzusehen, dass sie mit der Situation etwas überfordert waren, als sie in Kates Büro geführt worden, das noch leer war. Sie bekamen Kaffee und Wasser angeboten und saßen auf dem vorderen Rand ihrer Stühle.

Als Kate eintrat, standen sie auf und ergriffen zögerlich die Hand, die ihnen diese hinhielt.

„Ivo und Peter, nicht wahr?", fragte sie.

Die beiden Männer nickten und Ersterer machte eine Bewegung, als sei ihm die Anzugjacke zu eng.

Kate registrierte das und deutete wieder auf die Stühle. „Nehmen sie doch bitte Platz."

Sie wartete, bis sie sich gesetzt hatten und sah sie dann mit einem aufrichtigen Lächeln an. „Ich denke, wir sollten den unglücklichen Vorfall von damals ein für allemal vergessen."

Sie sah die Erleichterung in den Mienen, denen ein Nicken folgte.

Kate wusste nicht, ob es Bogdan Serwowitschs Hang zum manchmal makabren Humor zu verdanken war oder, was sie eher vermutete, dass die beiden Männer da vor ihr in ihren Aufgaben wirklich zuverlässig und absolut loyal waren.

Als Kate ihr Unternehmen vor Jahren hier in Plauen gründete und Serwowitsch sie als Konkurrentin sah, hatte er ihr diese beiden Hünen zur Abschreckung in ihr Büro geschickt. Nach seiner Aussage hatten sie den Auftrag etwas eigenwillig interpretiert und Kate nicht nur verbal bedroht, sondern waren auch handgreiflich geworden, eine Tatsache, die sie sehr schnell bereut hatten.

Schneller als ihnen lieb war, hatte sie die Inhaberin des schwarzen Gürtels in Karate auf die sprichwörtlichen Bretter geschickt, was einem Glastisch und einer schrecklichen Glasskulptur, der Kate keine Träne nachweinte, das Leben gekostet hatte.

Hauptkommissar Köhler hatte dem Szenario ein Ende bereitet und auch Bogdan Serwowitsch hatte es wohl den nötigen Respekt vor seiner vermeidlichen Konkurrentin eingeflößt. Aber das war Schnee von gestern.

Jetzt war sie sich sicher, dass sich die Männer fragten, warum sie eine Frau schützen sollten, die erstens genügend eigenes Personal hatte und zweitens wohl ausreichend in der Lage, sich selbst zu schützen.

Aber da es ihnen nicht zu stand, Fragen zu stellen, saßen sie stumm da und warteten auf ihren Einsatz.

„Gut", sagte Kate schließlich. „Ich habe mit ihrem Boss besprochen, dass ihre Aufgabe eigentlich nur ist, möglichst bedrohlich auszusehen und immer in meiner Nähe zu bleiben, wenn ich mich außerhalb meines Büros oder Hauses befinde. Das heißt, keine Nachteinsätze und hier werde ich ihnen einen Raum zur Verfügung stellen, wo sie sich einquartieren und es sich bequem machen können, okay?"

Kate erhob sich. „So, erster Einsatz, wir gehen einen Kaffee trinken."

Wenn sie erstaunt waren, ließen sie es sich nicht anmerken und sprangen auf.

Matt stand mit Chris am Fenster und beobachtete den Wagen gegenüber.

Gleichzeitig sah er durch die Überwachungskamera Kates Auftritt mit ihren beiden Gorillas, wie er die beiden Bodybildertypen nannte.

Ganz professionell sicherte der erste Bodyguard den Eingang ab, in dem er die Straße und besonders den Bürgersteig scannte, während der andere auf dessen Zeichen hin hinter Kate die Straße betrat.

„Das ist ja ganz großes Kino", murmelte Chris hinter Matt und der hörte, wie dieser mit dem Lachen kämpfte.

Auch Matt grinste. „Das ist ja der Sinn der Aktion. Unser Freund da drüben soll sich, wie sagt ihr immer…"

„Verarscht vorkommen", half ihm Chris auf die Sprünge. Obwohl Matt ein sehr gutes Deutsch sprach, hatte er mit manchen Redewendungen noch Probleme.

Kate war inzwischen an der Kaffeerösterei angekommen, als sich das gleiche Prozedere wiederholte.

Die wenigen Gäste sahen erstaunt auf und dem Besitzer Daniel blieb kurz der Mund offen stehen.

Kate trat an den Tresen und wechselte mit ihm ein paar Worte, was er mit einem breiten Grinsen quittierte. Dann deutete er in die hintere Ecke.

„Dort genehm?", fragte er, sichtlich mit dem Lachen kämpfend.

Kate nickte und ging mit ihren beiden neuen Leibwächtern nach hinten.

Kapitel 15

„Also wirklich, warum hast du mir nichts davon erzählt?"

Kate sah zu Mike auf, der in der Küche stand und sie vorwurfsvoll ansah, während ihr Cousin Gabriel mit ihr am Küchentisch saß und Tee trank. Seine Frau und seine Mutter waren mit den anderen Familienmitgliedern bei Jasmin und Omar.

Kate nahm den Löffel in die Hand und sah zu ihm auf. „Weil ich genau wusste, was passiert", sagte sie ruhig und Mike holte tief Luft.

„Und was bitte?", fragte er und Kate zeigte mit dem Löffelstiel auf ihn. „Das du dich aufregst."

Mike ließ sich auf den freien Stuhl fallen.

„Ach ja? Ich soll mich nicht aufregen, wenn meine Frau verfolgt wird und zwei Bodyguards anheuern muss, um…"

Kate ließ den Löffel auf ihre Untertasse fallen das es klirrte. „Mike, ich werde nicht verfolgt, ich werde überwacht. Das soll mir Angst machen. Ich habe die beiden Mitarbeiter von Bogdan erbeten, um zu zeigen, dass sie mich da haben, wo sie mich haben wollen, nämlich in Angst um meine eigene Sicherheit."

Mike runzelte die Stirn. „Ja und?", fragte er.

Kate musste sich Mühe geben, nicht die Augen nach oben zu schrauben.

„So haben wir genügend Zeit alles über die herauszufinden, die hinter dieser Geschichte stecken."

Als Mike nichts sagte, musste Kate lächeln. „Kennst du Harry Türk?"

Verwirrt über diesen Themenwechsel nickte Mike.

„Ja, ein DDR-Schriftsteller. Ich habe viele Bücher von ihm gelesen", sagte er schließlich.

„Der Mann, der Kate beobachtet, hat unter diesem Namen ein Auto gemietet, mit einem Ausweis und einer Fahrerlaubnis auf den Namen", schaltete sich hier Gabriel ein.

„Steven hat das überprüft", ergänzte Kate und Mike wusste, was das bedeutete, der IT-Experte von Schulz Security hatte sich in das System der Autoverleihfirma eingehakt. Als ahne sie seine Gedanken, ergänzte sie: „Ohne Spuren zu hinterlassen."

„Natürlich", murmelte Mike und musste unwillkürlich grinsen.

„Ausweis und Fahrerlaubnis waren zweifellos eine Fälschung, aber sehr gut gemacht", schaltete sich hier wieder Gabriel ein.

Mike setzte an, um etwas zu erwidern, als Kate ihm zuvorkam. „Es gibt im Übrigen keinen Harry Türk unter der angegebenen Adresse und mit diesem Geburtsdatum, falls das deine Frage gewesen ist."

Mike ließ sich stöhnend auf dem Stuhl zurückfallen und sah erst Kate, dann Gabriel an.

„Im Doppelpack seid ihr wirklich unerträglich", sagte er und deutete auf den Kaffeeautomat, der direkt hinter Kates Stuhl stand.

Lächelnd tippte sie auf Espresso.

In diesem Augenblick klingelte Gabriels Blackberry.

Er zog es aus der Tasche, nickte Mike und Kate zu und verließ kurz die Küche.

Kate wusste, dass dies kein einfaches Telefon war, absolut abhörsicher und mit Dingen ausgestattet, von denen sie sogar beim FBI nur geträumt hätten. Aber alle Details hatte ihr ihr Cousin auch nicht verraten. In diesem Augenblick kam er zurück und setzte sich wieder.

„Wir haben einen Namen", sagte er lakonisch und sah Mike an, der seine Espressotasse wieder abstellte. Kate reagierte als Erste. „Und, war er ein Agent?"

Gabriel nickte. „Ja, er arbeitete für den BND und wurde 1984 in die DDR eingeschleust, inklusive einer gefälschten Vita und einem klaren Auftrag, nämlich in den inneren Kreis der Staatssicherheit vorzudringen. Sein wirklicher Name war Gerd Seifert, hier agierte er unter Gerald Seidel."

„In den inneren Kreis der Staatssicherheit vordringen, und da kam er hier her nach Plauen?", fragte Mike stirnrunzelnd. „Berlin, Leipzig, würde mir ja noch einleuchten, aber…"

Kate wandte sich ihrem Mann zu. „Du solltest das mal nicht unterschätzen, Plauen war immer nahe an der bayrischen Grenze und außerdem…"

Sie kam nicht zum Ende, weil sich ihr Cousin auf sie stürzte und gleichzeitig Mike anschrie: „Runter."

Kate prallte unsanft auf dem Boden auf und stöhnte, weil Gabriel über ihr lag.

Ein Klirren und eine Menge Glassplitter ergoss sich über sie.

„Alles in Ordnung?", fragte Gabriel leise und Kate nickte.

Mike rappelte sich auf und robbte in Richtung Fenster. „Er rennt weg", sagte er zu Gabriel, der sofort auf den Beinen war.

„Los, den schnappen wir uns." Ehe Mike sich versah, zerrte Gabriel Kate auf die Beine.

„Deine Waffe? Wo ist sie?", fragte sie ihr Cousin.

„Im Safe", sagte sie verdutzt und deutete in Richtung Bibliothek. „Code?"

„78157", sagte sie und hörte auch schon, wie Gabriel die Zahlen eingab. „Los", sagte er zu Mike und miteinander betraten sie die Straße.

„Dort", sagte Mike und deutete auf eine dunkle Gestalt, die in Richtung Stadtpark lief. Bereits nach dreihundert Metern verfluchte Mike seine Bequemlichkeit, statt mit Kate früh joggen zu gehen, lieber zu Hause zu bleiben. Ihr Cousin schien eindeutig ihren Trainingszustand zu haben. Ohne sichtbare Anstrengung setzte er dem Täter nach, während Mike eindeutig zurückfiel. Er war kein schlechter Sprinter, aber ein untrainierter Dauerläufer.

Entsetzt nahm er wahr, wie ihn plötzlich Kate überholte und zu ihrem Cousin aufschloss. Verdammt, sie sollte nicht hier sein. Hoffentlich hatte sie Verstärkung angefordert.

„Da", rief Gabriel und deutete auf die Gestalt, die in einen dunklen SUV sprang und ohne Licht davon raste.

„Mist", keuchte Mike, der endlich die beiden erreicht

hatte. In der Ferne blitzten Blaulichter auf, die Kaval-
lerie rückte an.

Gabriel winkte ab. „Der ist weg, der Vorsprung war
zu groß." Er nahm die Waffe, die er immer noch in
der Hand hielt und steckte sie Kate in die Tasche ihres Hoodies.

„Besser, ich werde nicht mit einer Waffe in der Hand
angetroffen", sagte er und zwinkerte Mike zu.

„So, jetzt habe ich die Nase voll", sagte Mike ungewöhnlich schroff und deutete auf Kate. „Erst wirst du
beschattet und jetzt wird auf dich geschossen."
Hinter ihm ertönte ein Räuspern.
„Was ist?" Mike fuhr herum und funkelte sein Gegenüber an.
Karsten Windisch schüttelte nur den Kopf. „Könntest du aufhören, sämtliche Spuren zu zertrampeln
wie ein wild gewordenes Rumpelstilzchen?"
Er deutete auf Kate und Gabriel, die auf der Küchen-
anrichte saßen und die Füße in die Luft hielten.
„Die zwei wissen zumindest, wie man sich an einem
Tatort zu verhalten hat", murmelte er und Mike
stampfte kommentarlos aus der Küche.
„Man, hat der eine Laune", sagte Karsten und sah auf
das Fenster, wo die Scheibe gesprungen war.
„Er macht sich Sorgen", versuchte Kate, die Situation
etwas zu entschärfen.
Der Leiter der Spurensicherung nickte. „Nicht ganz
unberechtigt, würde ich mal sagen."
Dann sah er Gabriel an. „Woher wusstest du es?",
fragte er. Der deutete auf das Fenster. „Ich habe die
Spiegelung gesehen und dass der Kerl etwas in der
Hand hält, was ein Gewehr sein könnte. Da war ich
sofort im…" Er schluckte und schwieg.
„Kampfmodus?", ergänzte Karsten und winkte ab.
„Lass nur. Aber immerhin hat Kate dir ihr Leben zu
verdanken."
„Hat sie nicht", sagte Vicky Baumert, die lautlos die
Küche betreten hatte und hielt einen Spuren-

sicherungsbeutel in die Höhe.

Ihr Chef runzelte die Stirn. „Was?", fragte er irritiert.

Vicky hielt den Beutel Kate und Gabriel hin.

Letzterer schüttelte den Kopf und sah Kate mit hoch-
gezogener Braue an. „Ein Diabolo", sagte die. „Aus
einem Luftgewehr." Langsam ließ sie sich zu Boden
gleiten und ging, ohne auf Karstens Protest zu ach-
ten, in die Bibliothek, wo Mike mit Marianne und
Mary stand.

„Es war ein Luftgewehr", sagte sie und trat neben
ihn. „Es sollte mir einen Schrecken einjagen, mehr
nicht."

Mike sah auf den Spurensicherungsbeutel und Marianne beugte sich zu ihm hin.

„Trotzdem", sagte diese leise. „Es hätte dich verlet-
zen können."

Ehe Kate etwas sagen konnte, hörte sie Omars
Stimme im Flur. Er kam um die Ecke und schüttelte
den Kopf. „Ich schlage euch inzwischen ein Dauer-
abo beim Glaser vor", sagte er und sah dann Kate an.
„Alles in Ordnung?", fragte er und sie nickte.

„Es war nur eine Warnung", erklärte sie. Draußen
hörte sie Stimmen und ein uniformierter Polizist trat
in die Bibliothek. „Herr Hauptkommissar, da ist ein
Steven Neubauer, er…"

Kate ließ ihn nicht ausreden und schoss an ihm vorbei.

„Steven?", rief sie in den Vorgarten und deutete zwei
Beamten, ihn durchzulassen.

Der Computerexperte drückte Kate kurz an sich.

„Gott sei Dank ist dir nichts passiert", sagte er erleichtert und folgte ihr ins Haus.

Er nickte Mike, Marianne und Mary zu und zog seinen Laptop aus der Tasche. „Also, euer ominöser Harry Türk heißt in Wirklichkeit Karsten Hartwig und ist, zumindest nach seinem Internetauftritt, Privatdetektiv."

Alle Anwesenden sahen in das eher grimmig dreinblickende Portraitfoto eines Mannes mittleren Alters. Kate lachte. „Für wen hält er sich, Humphrey Bogart?" Sie deutete auf die Zigarette, die betont lässig in seinem Mundwinkel hing. „Und dass in Zeiten von Nichtraucherkampagnen", ergänzte sie und zumindest wurde dadurch die Stimmung etwas aufgeheitert, sogar Mike verzog den Mund in Richtung Lächeln.

„Und wo hat er denn sein Büro?", fragte er und Steven grinste. „Büro ist gut. Sein Internetauftritt ala Sam Spade hat ihm wohl keine zusätzliche Kundschaft eingebracht. Er hat sein Schild an die Hausfassade geschraubt, sicher mit Einverständnis des Hausvermieters, der froh sein musste, diese desolate Bude überhaupt loszubekommen." Er zeigte auf das Bild eines stark renovierungsbedürftigen Hauses.

Mike runzelte die Stirn. „Und wo ist das?", fragte er. „Weischlitz", sagte Steven und deutete auf die Adresse. „Gut." Mike nickte Marianne zu. „Es wird Zeit, dem Herrn einen Besuch abzustatten."

Dabei ignorierte er Mariannes Blick zu der großen Standuhr.

Kapitel 16

„Ich weiß nicht, ob es eine gute Idee ist dich mitzu-
nehmen", sagte Mike nach einer Weile, als sie sich
schon auf der Friedensstraße befanden und drehte
sich etwas über die Schulter nach hinten, wo neben
Marianne wie selbstverständlich Kate Platz genommen hatte. Ohne lange Diskussion hatte sie ihre Jacke
vom Haken genommen und während ihr Gabriel versicherte, alles im Griff zu haben und sich um das de-
fekte Fenster zu kümmern, war sie zeitgleich mit
Mike und Marianne am Auto angekommen.

„Immerhin hat der Kerl mich überwacht und wahrscheinlich auch auf mich geschossen", sagte sie, fast
beleidigt und schüttelte den Kopf.

„Komm mir jetzt nicht mit der Polizeinummer", sagte
sie schließlich betont flapsig und sah im Rückspiegel,
wie Mike die Augenbrauen nach oben zog, aber
schwieg.

„Ich finde, die Sache wird immer verworrener", sagte
Marianne, nachdem Kate sie bezüglich der Identität
des Toten vom Truppenübungsplatz auf den neusten
Stand gebracht hatte. Zustimmend nickte Kate.

„Da wir ja die Informationen nicht über offizielle Ka-
näle haben, wird Steven versuchen, ein paar Details
aus dem Leben von Gerd Seifert alias Gerald Seidel
herauszubekommen. Dann ist ja die Frage, wie er
nun wirklich zu Mollenhauer stand."

„Die spannendere Frage ist für mich immer noch,
wer hat Mollenhauer ermordet und wer schießt jetzt

auf uns", ließ sich Mike vom Fahrersitz her vernehmen.

Das Haus sah von außen noch schlimmer aus als auf Stevens Foto, das er ihnen geschickt hatte. Neben der Eingangstür war ein Schild angebracht:

Karsten Hartwig- private Ermittlungen jeder Art

„Na, das sagt ja schon alles", murmelte Mike und deutete auf das stark verschmutzte Teil. Dann drückte er auf die Klingel.

Erst regte sich nichts, dann legte Mike den Finger länger auf den Klingelknopf, bis in der ersten Etage ein Fenster aufgerissen wurde.

„Sag mal, spinnst du, oder was?", brüllte eine Stimme von oben.

„Kriminalpolizei Plauen, bitte machen sie auf."

Der Lockenkopf bewegte sich weiter nach vorn. „Verarschen kann ich mich selber." Damit wurde das Fenster zugeschlagen.

„Das ist ja wohl nicht wahr", sagte Mike und drückte wieder auf die Klingel, diesmal sehr lange. Endlich wurde Licht im Haus und die Haustür aufgerissen. Der Mann, in Boxershorts und einem eher grau als weißen Unterhemd und einer so starken Alkoholfahne, die direkt auf sein Gegenüber prallte, hielt einen Baseballschläger in der Hand.

„Wenn ihr nicht verschwindet…" Er hob den Schläger an und sah ihm mit einem dümmlichen Gesichtsausdruck nach, als dieser, wie von Zauberhand, in die nahe Hecke flog. Dann erst bemerkte er den Schmerz und griff sich an die Schulter.

„Du verdammte Schlampe…", fuhr er Kate an, die bereits eine Fuß nach vorn verlagerte.

Mike, der sah, dass sie die Sache unter Kontrolle hatte, nickte Marianne zu, die ihr Smartphone aus der Tasche zog. Während diese einen Streifenwagen orderte, hatte Kate gemeinsam mit Mike den Mann überwältigt und ihm, unter heftiger Gegenwehr und unflätigen Beschimpfungen, Handfesseln angelegt.

Das ein Streifenwagen so schnell zur Stelle war, erklärte der junge Uniformierte, der als Erstes aus dem Wagen stieg damit, dass sie in unmittelbaren Nähe waren.

„Ihr seid ja wirklich Bullen", stammelte der Mann und jetzt drang die Information irgendwie in sein benebeltes Hirn. „He, das wusste ich nicht, die haben sich nicht, nicht, wie heißt das… ähm, ausgewiesen", versuchte er zu erklären, während er sich vehement dagegen zur Wehr setzte, in den Streifenwagen verbracht zu werden.

„Krankenhaus oder Ausnüchterungszelle, Herr Hauptkommissar?", fragte der Jüngere der beiden Polizisten.

Mike schüttelte leicht den Kopf. „Weder noch. Bringen sie ihn bitte ins Präsidium, ich nehme ihn dort in Empfang."

Ihn traf ein verständnisloser Blick, aber die beiden Uniformierten kamen schließlich seiner Anweisung nach.

Als Mike mit Marianne den Raum betrat, in den man Karsten Hartwig gebracht hatte, stellte die Kommissarin ihm schweigend einen Becher mit schwarzem Kaffee hin.

„Wird das jetzt die Nummer guter Bulle, böser Bulle?", knurrte dieser und als Mike nach dem Becher greifen wollte, legte er die Hand darüber.

„Schon gut", murmelte er und sah Marianne an.

„Danke", schob er nach und schlürfte den Kaffee geräuschvoll in sich hinein.

„Ein wirklich nicht gerade angenehmer Zeitgenosse", sagte Staatsanwalt Gebhardt zu Kate, die sich beide in einem Nebenraum befanden und das Verhör via Aufzeichnung verfolgten.

Gebhardt war zunächst nicht begeistert gewesen, zu so später Stunde im Präsidium aufschlagen zu müssen, hatte sich aber dann von Kate überreden lassen. Inzwischen hatte Mike Hartwig die Fotos der Überwachungskamera aus dem Autoverleih hingelegt sowie eine Kopie des gefälschten Ausweises.

„Harry Türk, witzig, wirklich witzig", sagte er.

Dann lehnte er sich über den Tisch. „Was ich aber weniger witzig finde, ist die Tatsache, dass sie Frau Schulz observieren und auf unser Haus schießen. Gerade Letzteres ist mindestens versuchte Körperverletzung, aber das überlasse ich der Staatsanwaltschaft, wie diese die Tat bewerten."

Hartwig sah mit geröteten Augen zu Mike hin, dann schob er die Bilder zurück und schüttelte langsam den Kopf.

„Die Überwachung gebe ich zu, das war ein Kunden-
auftrag. Ich habe Frau Schulz zu keiner Zeit belästigt.
Wann soll das mit den Schüssen gewesen sein?"
Seine Stimme war jetzt erstaunlich fest und er schien
sich auch wieder im Griff zu haben, scheinbar hatte
der Kaffee, aber auch der Schock, sich unvermittelt in
Polizeigewahrsam zu befinden, Wunder gewirkt.
„Gegen 21.00 Uhr, heute Abend."
Hartwig lehnte sich etwas zurück und grinste schief.
„Das hängen sie mir nicht an, Herr Hauptkommissar.
Da war ich mit meinem Freund Peter Schreiter und
einigen anderen Bekannten in meiner Stammkneipe."
Marianne notierte Name und Adresse der Stammkneipe, während Mike auf seine Uhr sah.
„Tja, das ist derzeit kaum zu überprüfen. Daher bleiben sie heute Nacht erst einmal in Gewahrsam."
Hartwig fuhr auf. „Was? Das ist Polizeigewalt. Ich
will meinen Anwalt sprechen, sofort"
Mike drehte die Augen nach oben. „Aus welchen
amerikanischen Krimi haben sie denn den Satz? Sie
haben Polizeibeamte bedroht und beleidigt, das
reicht erst einmal, zudem sind sie ziemlich alkoholisiert." Er öffnete die Tür und gab dem wartenden Beamten ein Zeichen. „Herr Hartwig genießt erst einmal unsere Gastfreundschaft."
Widerwillig ließ sich Hartwig abführen. „Rufen sie
meinen Anwalt an, Doktor Fritsch, Conrad Fritsch
aus Bautzen, bitte", sagte er im Hinausgehen zu Marianne, von der er wohl etwas mehr Verständnis er-
hoffte.

„Doktor Conrad Fritsch aus Bautzen, na, wenn das mal kein Zufall ist", sagte Konstantin Gebhardt und streckte kampflustig den Kopf nach vorn. Als alle Anwesenden ihn erstaunt ansahen, holte er tief Luft und sah Kate an.

„Erinnern sie sich an unser Gespräch, Frau Schulz und die Beschwerde meines alten Mitkommilitonen Oberstaatsanwalt Jens Friedrich Baumann? Er ist am Oberverwaltungsgericht in Bautzen beschäftigt und Conrad Fritsch, ebenfalls ein Mitkommilitone von uns, hat dort die Rechtsanwaltskanzlei seines Vaters übernommen."

„Das ist wirklich etwas zu viel Zufall", sagte Kate zustimmend. Der Staatsanwalt lächelte und wandte sich zu Mike um, der mit Marianne in den Nebenraum gekommen war.

„Herr Hauptkommissar, tun wir doch Herrn Hartwig den Gefallen und benachrichtigen wir seinen Anwalt, und zwar zeitnah und damit meine ich jetzt."

Mike, der etwas verwirrt nickte, sah zu Kate, die ihm zuzwinkerte.

Dann trat sie an den Staatsanwalt heran und sprach leise mit ihm, wobei dieser nickte und mit einem „Gute Nacht" den Raum verließ.

„Und was war das jetzt?", fragte Mike, nachdem Gebhardt die Tür hinter sich geschlossen hatte.

Kate lächelte etwas. „Vielleicht der Durchbruch, auf den wir alle hoffen. Und jetzt entschuldigt mich, ich muss leider Steven um seinen wohlverdienten Nachtschlaf bringen."

Am nächsten Morgen sahen alle etwas mitgenommen
aus, besonders ein ziemlich erregter Rechtsanwalt,
der bereits sieben Uhr aus Bautzen eingetroffen war.
Staatsanwalt Gebhardt kam aber ausgesprochen
munter und gutgelaunt in Mikes Büro und sah sich
seinem missgelaunten, alten Mitkommilitonen gegenüber. „Conrad, na das ist doch eine Überraschung."
Der Rechtsanwalt verengte die Augen zu Schlitzen
und musterte sein Gegenüber von oben bis unten.
Dann warf er einen kurzen Blick auf Mike und sah
Gebhardt wieder an. „Wir sollten uns unter vier Augen unterhalten", sagte er leise, aber der Staatsanwalt
nahm an Mikes Tisch Platz.
„Wieso? Der Herr Hauptkommissar ist besser in den
Fall involviert als ich und im Übrigen besitzt er, wie
auch seine Mitarbeiter, mein vollstes Vertrauen."
Sein Lächeln war so aalglatt, dass sogar Mike mit
dem Lachen kämpfen musste.
Doktor Conrad Fritsch holte tief Luft. „Ich dachte,
Jens Friedrich hat mit dir gesprochen?", sagte er
kryptisch, wieder einen Blick in Richtung Mike wer-
fend.
Gebhardt lehnte sich zurück, schlug die Beine überei-
nander und zupfte ein nicht vorhandenes Fussel von
seiner Anzughose. Dann wandte er sich langsam zu
Mike um.
„Ich hatte ihnen ja erzählt, dass Oberstaatsanwalt
Jens Friedrich Baumann vom Oberverwaltungsge-
richt in Bautzen mich kontaktiert hat."
Dann schlug er sich leicht mit der Hand gegen die

Stirn. „Mein Fehler, nein, ich habe es mit ihrer Frau besprochen."

Er sah wieder zu Conrad Fritsch hin, der ihn mit einem wahren Basiliskblick musterte.

„Hauptkommissar Köhlers Frau ist eine ehemalige FBI-Agentin, die für uns als externe Beraterin tätig ist, eine überaus fruchtbare Zusammenarbeit. Ich habe dazu schon mehrfach referiert und einige Kollegen aus anderen Bundesländern interessieren sich für unser Projekt des multiprofessionellen Teamworks." Er hob die Hand. „Entschuldige, ich schweife ab. Aber das war ja schon immer meine Schwäche, nicht wahr, Conrad?"

Mike war geradezu fasziniert von dem Schauspiel, das Gebhardt hier abzog.

„Wie dem auch sei", fuhr dieser fort. „Sie war ebenso verwundert wie ich, dass sich ein Oberstaatsanwalt vom Oberverwaltungsgericht in Bautzen für unseren Fall, oder sollte ich sagen, für unsere Fälle interessiert. Und weißt du warum? Weil es eine Anfrage beim BND gab, keine offizielle, sondern durch einen ehemaligen FBI-Kollegen von Frau Schulz, der noch alte Verbindungen hat."

„Es ging um ihren Cousin, der…"Conrad Fritsch brach ab, als er bemerkte, dass er geradezu tollpatschig in Gebhardts Falle gelaufen war.

Dieser grinste ihn an. „Also doch. Ihr zwei steckt hinter der Sache."

Der Rechtsanwalt hatte sich schnell wieder im Griff. „Ich weiß nicht, was du meinst. Jetzt will ich mit meinem Mandant sprechen, und zwar schnell."

Gebhardt öffnete beide Hände in seine Richtung.

„Aber gern doch. Er sitzt bereits nebenan im Vernehmungsraum. Du kannst natürlich allein mit ihm sprechen." Mike öffnete die Tür und winkte einen Beamten heran, der den Anwalt begleiten sollte. In diesem Moment kam Marianne die Treppe heraufgeeilt und folgte Mike in dessen Zimmer. Nachdem sie Gebhardt begrüßt hatte, sah sie beide Männer sichtlich betrübt an. „Hartwigs Alibi ist bestätigt. Ich habe die nicht sehr erfreute Wirtin des „Weißen Schwan" aus ihrem Tiefschlaf geklingelt und sie bestätigte mir, dass Hartwig gestern von 19.00- 23.30 Uhr in der Kneipe war und reichlich Alkohol konsumiert hat. Bis auf kleinere Toilettenpausen war er die ganze Zeit über anwesend, also kann er keinesfalls der Schütze gewesen sein."

Mike, der genau so unausgeschlafen war wie Marianne, ließ die Schultern hängen. „Damit ist er vom Haken." Diese nickte. „Die Autoverleihfirma hat keine Anzeige erstattet, er hat ja, trotz falscher Papiere ordnungsgemäß gezahlt und den Wagen unversehrt zurückgebracht. Und der gefälschte Ausweis..." Er sah Gebhardt an, der seinerseits abwinkte.

„Das bringt doch nichts. Und ich bin mir sicher, dass hinter der ganzen Aktion Jens Friedrich Baumann und Conrad Fritsch stehen. Die Frage ist nur, warum?"

Kapitel 17

Steven hielt seinen Laptop auf dem Schoß und sah in die Runde, die sich wieder einmal in Mikes und Kates Haus eingefunden hatte.

Staatsanwalt Gebhardt hatte überraschend schnell zugestimmt, dass auch ihr Cousin an der Beratung teilnehmen konnte. Kates übrige Familie war heute bei Omars Eltern eingeladen, während der Rechtsmediziner seinen gewohnten Platz in Kates Lesesessel eingenommen hatte.

Auch Steven war die Übermüdung anzusehen, trotzdem er fokussiert wie immer wirkte. Auf Kates Nicken hin legte er los.

„Ich habe nach einem möglichen Grund gesucht, warum sich der Oberstaatsanwalt Baumann und Rechtsanwalt Fritsch so für diesen Fall oder vielmehr diese Fälle interessieren und vorrangig nichts gefunden. Keine Verbindung nach Plauen, keine Verbindung zu Friedrich Mollenhauer oder Gerd Seifert. Aber dann habe ich etwas tiefer gegraben."

Er sah zu Staatsanwalt Gebhardt hin. „Oberstaatsanwalt Baumann und Rechtsanwalt Fritsch haben doch mit ihnen studiert. Wissen sie etwas über deren Elternhäuser?"

Der Staatsanwalt dachte kurz nach. „Conrad Fritschs Vater hatte die Rechtsanwaltskanzlei, in der er jetzt tätig ist. Scheint ein alteingesessenes Familienunternehmen zu sein, er sprach oft von seinem Urgroßvater, der sie wohl gegründet hat. Damit war von

Anfang an klar, dass Conrad Rechtsanwalt wird und die Kanzlei einmal übernimmt. Seine Mutter war gestorben, da war er noch ein Kind. Und Jens Friedrich? Seine Eltern leben, soviel ich weiß, in Berlin, damals schon. Aber beruflich, keine Ahnung. Ich hatte nur den Eindruck, er kommt aus einem strengen Elternhaus, vermutlich Akademiker."

Er sah Steven an, der nickte. „Ja, was Conrad Fritsch betrifft, so stimmt das, allerdings nur im Groben. Jens Friedrich Baumanns Vater war Offizier, somit haben sie mit der strengen Erziehung recht. Er war leitender Offizier der Staatssicherheit. Und jetzt kommt es."

Steven machte eine kurze Kunstpause.

„Die wahre Geschichte geht so. Nicht Conrad Fritschs Urgroßvater hat die Kanzlei gegründet, sondern ein jüdischer Rechtsanwalt, bei dem Conrad Fritschs Großvater als junger Anwalt Anstellung fand. Fritsch stellte sich als schon frühes Parteimitglied sehr gut mit den Nationalsozialisten und nach der Enteignung und Deportation seines Chefs übernahm er, mit Unterstützung seiner Parteifreunde, die Kanzlei. Nach 1945 wurde die Kanzlei wegen seiner Systemnähe geschlossen, dann aber von seinem Sohn, der ebenfalls Jura studiert hatte, wieder eröffnet. Scheinbar hatte man von Seiten der Behörden der jungen DDR gegen ihn ein gutes Druckmittel in der Hand, die Nazivergangenheit seines Vaters. Damit war er ihnen faktisch ausgeliefert und erfolgreich von ihnen als IM angeworben. Der Staatssicherheitsoffizier Friedrich Baumann war sein Führungsoffizier.

Fritschs Kanzlei sprach sich schnell herum als eine Anlaufstelle für ausreisewillige DDR- Bürger, die sich dort anwaltliche Beratung suchten. Sie ahnten ja nicht, dass Fritsch der Wolf im Schafspelz war. Der horchte sie aus, auch über Fluchtpläne, wenn ihnen die Zeit des Wartens zu lange wurde und berichtete alles haarklein an seinen Führungsoffizier."

Er wurde durch Karsten Windischs „Schweinepriester" unterbrochen, was diesem einen strengen Blick von Mike einbrachte.

Mit einem kleinen Lächeln fuhr Steven fort.

„Nach der Wende gab es einige Anfeindungen gegen Fritsch, aber richtige Beweise fehlten. Jegliche Akten, die ihn hätten überführen können, waren auf wundersame Weise verschwunden. Er praktizierte weiter und als sein Sohn die Kanzlei übernahm, zog er sich langsam aus der Leitung der Kanzlei zurück. Jetzt übernimmt er nur noch Fälle, die ihn scheinbar interessieren."

„Und Friedrich Baumann?", fragte Staatsanwalt Gebhardt fast ungeduldig.

Steven sah zu ihm hin. „Er ging nach der Wende in die Privatwirtschaft, Bereich Sicherheit. Auch gegen ihn lag nie etwas vor."

Gebhardt musterte ihn genau. „Lag?", fragte er gespannt und langsam nickte Steven.

„Wenn sich sein Sohn und auch der Sohn von Fritsch so für die beiden Fälle hier interessieren, da ist doch etwas oberfaul, oder?"

Kate sah ihren Computerexperten an.

„Jetzt lass dir doch nicht jedes Wort aus der Nase ziehen", sagte sie und Steven wog den Kopf langsam hin und her.

„Ich versuche eine Verbindung zwischen ihnen und Mollenhauer zu finden. Ich bin überzeugt, es gibt sie und wenn, dann finde ich sie auch", sagte er kämpferisch.

Gebhardt erhob sich und klopfte ihm auf die Schulter. „Sie machen das schon, Herr Neubauer", sagte er jovial. In diesem Moment klingelte Mikes Smartphone.

Er zuckte die Schultern. „Sorry, ich habe Bereitschaft." Er ging in den Flur und kam unmittelbar darauf zurück. „Ein Tötungsdelikt, scheinbar Suizid. Ich muss los."

Mary Struwe schnappte ihre Tasche. „Ich komme mit", sagte sie bestimmt und Mike nickte.

Als er sah, dass Marianne Jäger sich ebenfalls erheben wollte, winkte er ab. „Ich denke, wir zwei reichen. Du hast schon so genügend Überstunden und ich habe Angst, dass der Nächste, der hier mit einem Luftgewehr auftaucht, dein aufgebrachter Ehemann sein wird", versuchte Mike, die Absage etwas humorvoll zu formulieren.

Marianne lachte und winkte ab. „Dann geht schon", sagte sie und lehnte sich bequem zurück.

„Also Kate, ich nehme noch einen Tee", hörte Mike sie sagen, während er mit Mary in die Kälte trat.

Als sie in Neundorf ankamen, erkannte Mike das
Haus sofort wieder. Die Feuerwehr hatte fast die
komplette Straße abgesperrt und winkte Mikes
BMW, der das Blaulicht aufgesetzt hatte, durch.
„Da vorn", sagte einer der Feuerwehrmänner und
deutete mit seinem dicken Handschuh auf die seitli-
che Garage. „Kohlenmonoxid-Vergiftung, die Abgase
wurden ins Auto eingeleitet. Ein Nachbar wollte zu
dem Besitzer und sah in der Garage Licht, als er öffnen wollte, war die Tür verschlossen, aber er sah
durch ein Seitenfenster die Frau neben dem Auto lie-
gen."
Mike, der gemeinsam mit Mary ausgestiegen war,
sah den Feuerwehrmann erstaunt an. „Die Frau hat
sich vergiftet?", fragte er nach.
Der Feuerwehrmann schüttelte den Kopf. „Beide. Er
saß noch im Auto und war schon tot, sie hat noch gelebt." Er zuckte die Schultern. „Scheinbar hat sie es
sich dann doch anders überlegt und wollte raus. Allerdings hat sie es nur vor das Auto geschafft, dann
ist sie zusammengebrochen. Der Notarzt hat gesagt,
es sieht nicht gut aus."
Mike nickte ihm zu und ging mit Mary zum Haus.
Ein Uniformierter mittleren Alters kam gerade aus
der Haustür und reichte erst Mary, dann Mike die
Hand.
„Was hast du, Gerd?", fragte Mike, der den Kollegen
schon seit vielen Jahren kannte. Dieser hielt einen
Zettel, sicher verwahrt in einer Spurentechniktüte,
hoch.

„Die hätten euch nicht aus dem verdienten Feierabend holen müssen. Hier ist der Abschiedsbrief, es
ist ein eindeutiger Suizid."

Mike nahm ihm den Brief ab und sah sich um.

„Karlheinz und Liselotte Felber sind Zeugen in unse-
rem Mordfall Mollenhauer", klärte Mike den Polizist
auf, worauf dieser verstehend nickte.

„Ah, deswegen hat der KDD dich vielleicht anrufen
lassen, mit Infos sind die immer sparsam, sonst hätten wir dich gleich richtig informiert." Er deutete hinter sich. „Aber es deutet nichts auf ein Fremdver-
schulden hin, alle Türen und Fenster intakt, nichts
durchwühlt und dann der Abschiedsbrief."

Er zuckte die Schultern. Gerade wurde ein Sarg aus
der Garage getragen. „Karlheinz Felber", erläuterte
der Polizist.

Mike nahm den Brief in die andere Hand.

„Mary, schaust du dich hier bitte noch etwas um? Ich
fahre ins Krankenhaus und schaue, wie es Liselotte
Felber geht."

Seine Partnerin nickte. Während Mike in sein Auto
stieg, sah er hinter sich das Auto des Bestatters anfah-
ren. Er wartete und ließ ihn überholen. Sinnend sah
er auf dessen Rücklichter, dann nahm er den Brief in
die Hand.

*Liebe Kerstin, vielleicht wirst du es nie verstehen, was
deine Mutter und ich getan haben, aber es war für uns der
einzige Ausweg. Wie du weißt, war deine Mutter seit vielen Jahren krank, Medikamentensucht ist eine schlimme
Krankheit und sie zerstört nicht nur den Menschen, den es*

betrifft, sondern auch den Partner. Sie hat alles versucht davon loszukommen, ohne Erfolg. So haben wir uns entschlossen, diesen letzten Weg gemeinsam zu gehen. Bitte, behalte uns in guter Erinnerung, wir haben dich lieb. Papa und Mutti.

Mike legte den Brief zurück auf den Beifahrersitz und gab Gas.

Mike klingelte an der Tür der Intensivstation und wies sich der diensthabenden Schwester gegenüber aus. „Geht es um den Neuzugang, Liselotte Felber?", fragte sie und als Mike nickte, deutete sie in die Sitzecke. „Ich schicke die Ärztin zu ihnen."

Kaum hatte Mike Platz genommen, öffnete sich die Tür erneut und eine junge Ärztin kam auf ihn zu.

„Frau Doktor Welsch", sagte er und schüttelte ihr die Hand. Sein Gegenüber lächelte ihn an.

„Sie haben sich sogar meinen Namen gemerkt, Herr Hauptkommissar?", fragte sie, denn heute trug sie einen blauen Kasak ohne Namensschild.

Mike erwiderte das Lächeln. „Sie haben sich damals um meine Kollegin Kommissarin Jäger gekümmert, das habe ich nicht vergessen."

Die Ärztin setzte sich zu ihm. „Wie geht es ihr?", fragte sie interessiert.

„Gut, sie arbeitet wieder, stundenweise und vorzugsweise im Innendienst, was sie allerdings gern zu umgehen versucht."

Jetzt lachten sie beide.

„Grüßen sie sie lieb von mir. Leider bekommen wir nicht oft ein Feedback und noch dazu ein so positives." Dann wurde sie ernst. „Sie sind wegen Frau Felber hier?", fragte sie und Mike nickte. Dann reichte er ihr den Abschiedsbrief.

Die Ärztin las ihn, nickte und reichte ihn Mike zurück. „Ihr Medikamentenabusus könnte auch erklären, warum sie noch aus dem Auto heraus ist, während ihr Mann schon tot war."

Als Mike sie erstaunt ansah, fuhr sie fort.

„Bei den meisten Menschen, die einen gemeinschaft-
lichen Suizid begehen, wird dieser exakt geplant, so
auch hier. Ihr Ehemann wird das Auto präpariert haben, sie die Medikamente gemörsert und in ein Ge-
tränk gemischt. Entweder haben sie noch im Haus
die Beruhigungsmittel eingenommen oder im Auto,
ich vermute ersteres. Sie sind also ins Auto gestiegen,
haben die Zündung angemacht und die Medikamente begannen zu wirken. Da Frau Felber allerdings
an diese gewöhnt war, setzte die Wirkung nicht so
umfassend ein wie bei ihrem Mann. Vielleicht hat sie
es sich anders überlegt, vielleicht war es nur ein Re-
flex. Sie hat die Wagentür geöffnet und sich heraus-
fallen lassen." Mike nickte. Das klang schlüssig.

„Sie hat keine anderen Verletzungen?", fragte er und
Frau Doktor Welsch schüttelte den Kopf. „Nein,
nichts. Ich will ihnen nicht verschweigen, Herr
Hauptkommissar, dass es nicht gut um sie steht, ihre
Lunge ist sehr angegriffen. Die nächsten vierund-
zwanzig Stunden werden zeigen, ob sie überlebt oder
nicht."

Unwillkürlich entfuhr Mike ein Seufzer. „Damit ist
wohl meine Frage hinfällig, ob ich kurz mit ihr sprechen könnte?"

Die Ärztin schüttelte den Kopf. „Selbst wenn ich es
wöllte, es geht nicht."

Mike erhob sich und reichte ihr die Hand. „Ich rufe
an", sagte er und sie nickte.

Kaum war er vor die Tür des Klinikums getreten, klingelte sein Smartphone. „Mary, was gibt es?"

„Also, es sieht hier wirklich alles nach Suizid aus, genau wie der Kollege es eingeschätzt hat. In der Küche stand noch der Mörser, mit dem die Medikamente zerkleinert wurden und die Gläser mit Medikamentenresten auf dem Wohnzimmertisch."

Mike öffnete sein Auto und stieg ein. „Gut, Mary, mach Feierabend. Danke."

Er legte auf und trommelte mit den Fingern auf das Lenkrad. War das alles wirklich nur ein Zufall?

Er ließ entschlossen die Zündung an. Er musste mit Kate sprechen oder besser noch, mit Kate und Gabriel.

Kapitel 18

„Du glaubst also, die Felbers sollten beide ermordet werden und bei Liselotte Felber ist es schief gegangen?", fragte Gabriel direkt und nahm sein Weinglas, das er erst langsam in der Hand drehte, um dann einen kleinen Schluck zu nehmen.

Mike wog langsam den Kopf hin und her, während Kate den abfotografierten Abschiedsbrief bereits zum zweiten Mal las.

„Ich sage mal so, ich habe ein komisches Gefühl. Ich weiß, das klingt jetzt nicht gerade professionell, aber…"

„Ich finde diesen Brief irgendwie seltsam", fiel ihm Kate ins Wort. „Das ist es vielleicht auch, was dich stutzig macht, oder?"

Mike sah zu ihr hin. Sie saß in ihrem Lesesessel und hatte die Beine untergeschlagen.

„Das und auch der zeitliche Zusammenhang. Erst wird Mollenhauer getötet, der für Felber eingesprungen ist, dann taucht fast zeitgleich dieser Tote auf dem alten Truppenübungsplatz auf, der ein verdeckter Ermittler war. Staatsanwalt Gebhardt bekommt Druck von den zwei Söhnen von ehemaligen Stasimitarbeitern und jetzt begehen ausgerechnet Felbers Suizid und das aus so einem…", er deutete auf die Kopie des Briefes „Seltsamen Grund. Liselottes Felbers Tablettenabusus?"

Gabriel stellte sein Weinglas ab und lehnte sich

zurück. „Ich teile dein Bauchgefühl."

Mike grinste leicht. „Toll. Und was soll ich jetzt tun?"

Kate wechselte einen kurzen Blick mit ihrem Cousin und sah dann ihren Mann an.

„Glücklicherweise hast du Gebhardt auf deiner Seite, er ist ja direkt versessen, seine ehemaligen Mitkommilitonen wegen irgendetwas dranzubekommen. Spiel die Karte richtig aus. Als erstes lass Liselotte Felber rund um die Uhr bewachen. Falls und ich sage, falls du recht hast, ist sie, solange sie lebt, in Gefahr. Und dann zeig den Brief der Tochter von Felbers. Beobachte ihre Reaktion darauf."

Mike nickte und griff zu seinem Smartphone.

„Ich ruf Gebhardt an und lasse mir grünes Licht geben. Sollte ich doch Unrecht haben, wird er mir den Kopf nicht abreißen."

Er ging aus dem Raum und Kate sah zu Gabriel.

„So hast du dir deinen Weihnachtsurlaub bei uns auch nicht vorgestellt, oder? Ich hoffe, dass Devora und Tante Sarah nicht zu sauer auf uns sind."

Ihr Cousin lächelte sie an. „In unserer Familie ist immer irgendetwas los, das dürftest du doch nun schon mitbekommen haben und keine Angst, Devora ist das gewöhnt, sie hat mit mir noch schlimmere Zeiten durch als ich noch im aktiven Dienst war. Und Mutter? Ich glaube, sie genießt es, überall herumgereicht zu werden, wie sie es nennt. Sie hat Omars Eltern, besonders seine Mutter, fest ins Herz geschlossen. Nein, mach dir dahingehend keine Gedanken."

Er sah zur Tür, wo Mike noch immer im Flur

telefonierte.

„Dein Mann hat ein gutes Gespür. Leider traut er sich selbst damit nicht so recht, typisch deutsch, oder?"

Kate grinste. „Naja, ein bisschen hast du recht. Mit Intuition haben sie es hier nicht so."

Als Mike zurückkam, sah er die beiden an. „Habe ich was verpasst?", fragte er.

Kate zuckte die Schultern. „Wieso?"

„Wenn ihr beide dieses Pokerface aufsetzt, dann ist irgendwas, soviel habe ich schon mitbekommen."

Jetzt musste Gabriel lachen. „Wir haben nur darüber gesprochen, dass du deiner Intuition mehr trauen solltest. Sie ist gut, glaub es mir."

Mike winkte ab. „Na, wenn es nur darum ging, ist es gut. Vielleicht hast du recht. Mir sagt meine Intuition, hier ist etwas faul und zwar gewaltig."

„Ich habe nichts im Haus gefunden, das die Theorie des Gemeinschaftssuizides in Frage stellt", sagte Mary und Mike spürte, dass auch sie frustriert war.

„Schauen wir mal, was die Tochter zu diesem Brief sagt", meinte er, optimistischer als er sich tatsächlich fühlte.

Sie standen vor dem Mehrgeschosser im Chrieschwitzer Hang, wo die Tochter des Ehepaar Felber mit ihrer kleinen Familie in der fünften Etage lebte. Mike hatte sie bereits angekündigt und als sie klingelten, ertönte ohne Gegenfrage der Summer.

„Laufen oder fahren?", fragte Mary und deutete auf den Fahrstuhl. Mike zögerte kurz, er erinnerte sich daran, wie er gegen Gabriel und Kate bei der Verfolgung des Schützen keine Chance gehabt hatte. Aber musste er ausgerechnet jetzt mit einem verstärkten Training beginnen?

„Fahren", sagte er bestimmt. „Schließlich wollen wir ja nicht atemlos oben ankommen."

Mary ließ das unkommentiert und folgte ihrem Chef. Oben angekommen, stand eine schlanke Frau in der Wohnungstür.

„Frau Weller?", fragte Mike und die Angesprochene nickte.

„Bitte, kommen sie herein", sagte sie mit leiser Stimme und ihren Augen sah man an, dass sie geweint hatte.

„Unser aufrichtiges Beileid, Frau Weller", sagte Mike, als sie in dem großen Wohnraum angekommen waren. Sie nickte schweigend und deutete auf die ausladende Couchlandschaft.

„Darf ich ihnen etwas anbieten?", fragte Kerstin Weller, was von beiden Beamten abgelehnt wurde.

Mike zog eine Kopie des Abschiedsbriefes ihrer Eltern aus der Tasche und reichte ihn der Tochter.

Diese setzte sich in einen Sessel und las. Sie wischte sich immer einmal über die Augen, um schließlich mit dem Kopf zu schütteln.

„Das haben sie im Haus meiner Eltern gefunden?", fragte Kerstin Weller schließlich.

Mike sah sie an. „Ist das nicht die Schrift ihres Vaters?", fragte er und sie nickte zögernd.

„Ja, schon, aber normalerweise hat er, Entschuldigung, hatte er eine gestochen klare Schrift. Dieses Geschmiere ist untypisch für ihn."

„Er stand unter emotionalen Stress", gab Mary zu bedenken, was ihr aber einen ungläubigen Blick von Kerstin Weller einbrachte.

„Mein Vater hatte immer Nerven wie Drahtseile", sagte sie bestimmt und legte den Brief vor sich auf den Tisch, als wolle sie ihn schleunigst loshaben.

„Und dann diese Aussage, sie haben sich wegen der Suchterkrankung meiner Mutter umgebracht, das ist doch Nonsens."

Man merkte, dass allmählich Wut der Trauer Platz machte. „Das hat doch nie eine Rolle gespielt."

Mary sah sie aufmerksam an. „Also waren sie über den Medikamentenabusus ihrer Mutter informiert?"

Zögerlich nickte Kerstin Weller, es schien ihr jetzt erst bewusst zu werden, was sie gesagt hatte.

Sie atmete einmal tief ein, dann spannte sie ihren Körper an und sah erst Mary, dann Mike in die Augen. „Ja, ich wusste es und auch, dass es in den letzten Jahren immer schlimmer wurde. Ich kenne die Ursache nicht, sie hat auch nie darüber gesprochen, aber..."

Sie brach ab und zog die Unterlippe zwischen die Zähne.

„Aber?", fragte Mary vorsichtig nach.

„Ich denke, Papa wusste warum und es muss auch etwas mit ihm zu tun gehabt haben, denn er litt sehr darunter."

Mike zog leicht die Stirn kraus. „Könnten irgendwelche Frauengeschichten ihres Vaters..."

„Nein", fiel ihm Kerstin Weller energisch ins Wort. „Mein Vater liebte Mutti abgöttisch, ich bin überzeugt, dass er sie nie betrogen hat."

Mike verkniff sich die Bemerkung, dass die Kinder oft die Letzten waren, die davon etwas erfuhren. Es war Mary, die schließlich ihren Besuch auf den Punkt brachte.

„Frau Weller, denken sie, dass es kein Suizid war?", fragte sie und Mike hielt automatisch die Luft an.

Erstaunt sah die junge Frau auf. „Was denn sonst..." Sie schlug die Hand vor den Mund. „Sie denken, es war ein Mord?", fragte sie leise.

„Wir denken gar nichts, wir ermitteln in alle Richtungen", sprang jetzt Mike ein, bevor Mary noch etwas sagen konnte, was die Fantasie der Tochter des Ehepaar Felber noch mehr anregen konnte.

134

Mike erhob sich und gab Mary ein Zeichen. „Wir werden ihnen zeitnah unsere Ermittlungsergebnisse mitteilen, Frau Weller", sagte er und ergänzte. „Wir hoffen natürlich darauf, dass es ihrer Mutter bald besser geht und sie uns dann etwas sagen kann."

Kerstin Weller erhob sich ebenfalls zögernd. „Ich kann diesen Suizid einfach nicht glauben, Herr Hauptkommissar", sagte sie schließlich und knetete die Hände ineinander.

Sie trat etwas näher an ihn heran. „Versprechen sie mir, das sie auch die Möglichkeit eines Verbrechens nicht vorschnell verwerfen?"

Mike nickte und reichte ihr die Hand.

Im Hausflur versicherte er sich, dass diese die Flurtür geschlossen hatte, dann sah er Mary an. „Was sollte denn das? Warum hast du ihr diesen Floh ins Ohr gesetzt…"

„Weil ich gehofft hatte, sie weiß irgendetwas, was uns helfen könnte", unterbrach ihn Mary ungewöhnlich heftig und zuckte dann die Schultern.

„Okay, sorry", murmelte sie und ging in Richtung Fahrstuhl. Mike holte tief Luft. Schließlich legte er Mary die Hand kurz auf die Schulter.

„Vielleicht hast du recht. Kerstin Weller kann jetzt in Ruhe darüber nachdenken. Vielleicht fällt ihr noch etwas ein."

Mike freute sich nur noch auf sein Bett, aber sicher wollte Kates Familie noch mit ihm einen gemütlichen Abend verbringen und das abzulehnen, wäre mehr als unhöflich gewesen. Umso erstaunter war er, Kate allein in der Bibliothek lesend vorzufinden. Als sie seinen suchenden Blick bemerkte, lächelte sie.

„Tante Sarah ist schon im Bett und der Rest der Familie hat beschlossen, heute außer Haus zu essen und ich durfte mich einfach mal ausklinken."

Mike gab ihr einen Kuss und setzte sich auf die Sessellehne.

„Willst du noch zu ihnen stoßen? Ich muss mich allerdings noch etwas frisch machen."

Kate sah ihn an und lächelte. „Du brauchst ein Bett, mein Lieber und zwar dringend. Geh duschen, ich mach dir ein Sandwich, wenn dir das reicht."

Mike nickte und drückte sie kurz an sich. „Du bist die beste Frau, die man sich wünschen kann."

„Als Polizeihauptkommissar oder allgemein", fragte sie verschmitzt nach und er hielt sie etwas von sich weg. „Beides, meine Liebe, beides."

Sie drückte ihm einen Kuss auf die Wange und verschwand in der Küche, während Mike unter die Dusche ging. Unter dem fast kochend heißen Strahl der Regendusche nahm er entfernt ein Klingeln wahr und stöhnte. Besuch hatte ihm jetzt gerade noch gefehlt. Aber vielleicht konnte Kate es noch abwimmeln. Er stieg aus der Dusche und hüllte sich in das Badetuch ein, als er Omars dröhnende Stimme sehr nahe hörte.

„Mike, beeil dich", rief er durch die geschlossene Badtür.

„Ja", erwiderte Mike und schlüpfte in Boxershorts und T-Shirt. Mit nassen Haaren trat er in den Flur und blinzelte den Rechtsmediziner an. Der wirkte im Gegensatz zu ihm putzmunter und motiviert.

„Sag jetzt nicht, dass wir wieder irgendwo hinmüssen", stöhnte Mike.

Omar klopfte ihm auf die Schulter, dass er fast in die Knie ging. „Nein, du musst nur mit in die Bibliothek kommen und dir etwas anschauen."

Wie ein gehorsames Pferd trabte Mike hinter dem Rechtsmediziner her, während Kate ein Tablett mit Sandwiches in die Bibliothek trug. Omar ließ sich in seinen bevorzugten Sessel fallen und nahm ein Sandwich, das Kate ihm servierte. Mike nahm sich ebenfalls eins und sah den Rechtsmediziner fragend an.

Der kaute erst genüsslich, dann lächelte er Mike an. „Ich hatte heute Abend einen Anruf von der ITS."

Sofort war Mike elektrisiert. „Ist Liselotte Felber tot?", fragte er, aber Omar schüttelte den Kopf.

„Nein, es geht ihr auch nicht wesentlich besser, aber sie ist stabil." Er zog sein Smartphone aus der Tasche. „Eine aufmerksame Schwester hat das heute Morgen bei Frau Felber entdeckt."

Mike nahm ihm das Smartphone aus der Hand. Es war eine Art kreisrundes, kleines Hämatom am Haaransatz.

„Das könnte die Stanzmarke einer Pistole sein", sagte Kate, die hinter Mike auf das Bild schaute.

„Ihr meint, Karlheinz Felber hat seine Frau mit Waffengewalt zum Suizid gezwungen?", fragte Omar und sah beide nachdenklich an.

Mike wog den Kopf hin und her. „Die Tochter der Felbers hat gesagt, ihr sei die ungewöhnliche Handschrift ihres Vaters aufgefallen, sonst habe er eine immer akkurate Schrift und diesmal wäre es geschmiert."

Omar nickte. „Wenn er mit einer Hand die Pistole gehalten hat, musste er mit der anderen den Brief schreiben, da würde das Schriftbild Sinn machen."

Kate schüttelte den Kopf und setzte sich wieder. „Vielleicht ist das Schriftbild der einzige Hinweis, dass Felber den Brief nicht freiwillig geschrieben hat?"

Die beiden Männer starrten sie an.

Kate hob die Hand und streckte einen Finger nach oben. „Erstens, hattet ihr schon einmal einen Fall, wo der Ehemann die Frau mit Waffengewalt zum gemeinsamen Suizid zwingt? Zweitens, die Stanzmarke ist ziemlich heftig, also wer immer Liselotte die Pistole in den Nacken gedrückt hat, er stand die ganze Zeit hinter ihr. Drittens, wahrscheinlich hat es sich Liselotte Felber also nicht in letzter Minute überlegt, doch nicht aus dem Leben zu scheiden, sondern hat sich mit Absicht aus dem Auto fallen lassen, als sie wieder etwas munterer wurde. Ihren Mann konnte sie nicht mehr retten. Viertens, ist es nicht etwas zu viel der Zufälle, dass erst Mollenhauer ermordet wird, der eindeutig mit Felber in irgendeiner

Beziehung stand, dann dieser BND -Agent Seifert als Skelett auftaucht und nun das Ehepaar Felber in diesem Zeitkontext einen gemeinsamen Suizid aus doch sehr fragwürdigen Motiven begeht? Und schließlich mein fünfter und letzter Punkt. Die Stanzmarke bei Liselotte Felber sitzt genau dort, wo bei Seifert die Kugel eingedrungen ist, die klassische Hinrichtungsmethode."

Kate hielt alle fünf Finger in die Luft gestreckt.

„Glaubt mir, das war kein gemeinsamer Suizid, das war Mord und das Schriftbild von Karlheinz Felber ist vielleicht der einzige Hinweis, den er noch geben konnte."

Omar hatte sich im Sessel nach vorn gebeugt und starrte gerade hypnotisch auf Kates Hand.

„Und warum hat er dann den Brief geschrieben, wenn er wusste, dass sie doch sterben mussten?", fragte er, noch immer nicht zu 100% von Kates Theorie überzeugt.

Kate sah ihn an. „Weil er oder sie, wir sollten nicht nur von einem Einzeltäter ausgehen, vielleicht gedroht hat, Liselotte Felber unnötig leiden zu lassen, sie zu foltern."

Mike, der sich seine noch feuchten Haare gerauft hatte, dass sie nach allen Seiten abstanden, wie immer, wenn er völlig übermüdet war, sah Kate an.

„Dann rennt da draußen mindestens ein Verrückter herum, der theoretisch noch mehr Menschen töten könnte. Und der steckt dann auch hinter den Schüssen auf uns."

Kate, die seine einsetzende Körperspannung sah, stand auf und trat neben ihn. „Theoretisch ja. Aber, du hast Polizeischutz für Liselotte Felber sichergestellt und um unseren Schutz kümmere ich mich. Du legst dich jetzt hin und schläfst ein paar Stunden."

Mike schüttelte den Kopf. „Ich muss…"

„Schlafen", sagte Omar knapp und deutete mit dem Kopf in Richtung Treppe. „Das ist kein ärztlicher Rat, sondern eine ärztliche Anweisung. Solltest du ihr nicht nachkommen, schleife ich dich selbst ins Schlafzimmer und bleibe so lange bei dir sitzen, bis du eingeschlafen bist."

Mike sah von ihm zu Kate und blies schließlich die Wangen auf. „Ihr habt ja einen Knall", sagte er und erhob sich. „Ich geh freiwillig", murmelte er und Kate hatte den Eindruck, dass er froh über Omars Drohung war. Er war schlicht und einfach todmüde.

Kate wollte nach Mike sehen, der aber so laut schnarchte, dass sie nicht einmal die Schlafzimmertür öffnen musste. Lächelnd ging sie in Richtung Bibliothek als es klingelte. Sie sah in die Überwachungskamera und öffnete die Tür.

Bogdan Serwowitsch, wie immer im eleganten Manageroutfit, umarmte sie zur Begrüßung. Mit einem Nicken zu Oleg, seinem Bodyguard, trat er in den Flur.

„Mike schläft?", fragte er, während Kate ihm den Mantel abnahm.

„Tief und fest."

Gemeinsam gingen sie in die Bibliothek. Bogdan nahm Platz und deutete zur Terrassentür.

„Zwei meiner Leute decken den hinteren Bereich ab und zwei stehen im Auto vor Omars Haus. Es kann sich niemand nähern, ohne dass sie den oder die Betreffenden sehen."

Kate nickte und schenkte ihm eine Tasse Kaffee ein.

„Ich weiß gar nicht, wie ich dir danken soll. Meine Leute sind alle im Einsatz und du hättest nicht persönlich kommen müssen…"

Ihr Gast hob die Hand. „Das ist doch selbstverständlich einer Freundin beizustehen", sagte er schlicht und nahm einen Schluck Kaffee.

Kate nickte ihm lächelnd zu. Das sie einmal den Bordellkönig von Plauen, wie er allgemein genannt wurde, als Freund bezeichnen würde und das ehrlichen Herzens, hätte sie sich vor Jahren nicht träumen lassen.

„Deine Verwandten sind noch nicht zu Hause?",

fragte er. Als Kate verneinte, nahm er sein Smartphone und gab kurz einige Anweisungen. Dann steckte er es wieder in die Jackentasche. „Meine Leute wissen Bescheid." Er nippte kurz am Kaffee und stellte dann die Tasse betont langsam ab.

Kate sah ihn eindringlich an. „Und?", fragte sie leise. „Hast du ihr einen Antrag gemacht?"

Er holte tief Luft. „Wir feiern Silvester in Venedig und da habe ich gedacht…" Er brach fast verlegen ab.

Kate nickte. „Der perfekte Ort, obwohl…Mike hat mir seinen Antrag vor einer Kindertagesstätte gemacht." Jetzt lachten sie beide.

Bogdan Serwowitsch legte den Kopf etwas zur Seite und musterte Kate. Dann schien er sich einen Ruck zu geben. „Wenn Kristine ja sagt, würden wir im Mai heiraten. Und nun meine Frage, könntest du dir vorstellen meine Trauzeugin zu sein? Es würde mir sehr viel bedeuten, denn…"

Kate hatte sich erhoben und legte ihm die Hand auf die Schulter. „Sehr, sehr gern", unterbrach sie ihn, als ein Schlüssel im Schloss gedreht wurde.

Kate hörte die Stimme ihrer Tante. Als ihre Familie eintrat, lief Tante Sarah sofort auf Kates Gast zu.

„Herr Serwowitsch, nicht wahr?", fragte sie und strahlte ihn an. Höflich erhob sich dieser und ergriff die ihm hingestreckte Hand.

Ihre Tante sah Kate gespielt streng an. „Was, nur einen Kaffee? Bewirtest du so deine Gäste? Ich werde gleich ein paar…"

Sofort redeten alle durcheinander, Bogdan lehnte

höflich ab und Gabriel sowie seine Frau waren der Meinung, dass sich die alte Dame jetzt hinlegen sollte. „So gehen sie mit mir um", sagte sie klagend zu Bogdan und zwinkerte ihm zu. Aber ihr war die Erschöpfung anzusehen.

„Leg dich hin, Tante Sarah, Omar und ich haben Mike vorhin auch fast mit Gewalt ins Bett geschickt und er schnarcht das sich die Balken biegen", sagte Kate.

Ihre Tante gab ihr einen Kuss auf die Wange, reichte Bogdan die Hand und ließ sich von ihrer Schwiegertochter nach oben begleiten. Gabriel setzte sich zu ihnen, nachdem er sich versichert hatte, dass seine Mutter und seine Frau die Gästezimmertür hinter sich geschlossen hatten.

„Du hast einen Wachschutz organisiert?", fragte er Kate und diese nickte in Richtung Bogdan. „Meine Leute sind alle im Einsatz und Bogdan war so nett auszuhelfen. Es erscheint mir sicherer."

Gabriel nickte langsam. „Ja, zumindest bis der oder die Täter gefasst sind. Mike hat Personenschutz für Liselotte Felber veranlasst?"

Als Kate das bejahte, erhob er sich. „Gut, dann ist ja für mich nichts mehr zu tun." Er reichte Bogdan die Hand. „Danke und gute Nacht."

Nachdem auch er nach oben gegangen war, erhob sich Bogdan ebenfalls. „Du kannst deine Leute morgen früh abziehen, ich glaube nicht, dass jemand am Tag hier irgendeine Aktion plant."

Der Angesprochene nickte. „Hoffen wir es."

Der Schlaf hatte bei Mike Wunder bewirkt. Er traf Kate und Gabriel beim Frühstück. Suchend sah er sich um. „Wo sind Tante Sarah und Devora?", fragte er und griff sich ein Croissant. „Erstere schläft noch und Devora ist mit Esther und Mava zum Weihnachtsshopping", sagte Gabriel und schenkte sich Kaffee nach.

Mike sah zu Kate, die gerade online die Zeitung las. „Wer war das in dem Auto heute Nacht?"

Sie hob den Kopf. „Bogdan hat vier seiner Leute abgestellt, zwei in dem Auto und zwei von hinten im Stadtpark."

Entgeistert legte er das Croissant ab. „Warum sprichst du solche Sachen nicht mit mir ab?"

Kate zuckte leicht die Schultern. „Weil du gestern nicht mehr zurechnungsfähig warst." Sie legte das Tablet zur Seite. „Mike, du hattest zweiundsiebzig Stunden nicht mehr geschlafen. Soll ich dich da mit so etwas belästigen?", fragte sie ungewöhnlich scharf.

„Kate hat richtig entschieden, Mike", sagte Gabriel ruhig.

Dieser brummte und versenkte die Nase in seinem Kaffeepott. Kate griff über den Tisch zu seiner Hand. „Ich habe mir Sorgen um dich gemacht", sagte sie leise und Mike lächelte. „Ihr habt recht, beide. Und jetzt mache ich mich daran, hoffentlich etwas Licht in diese ganze bizarre Sache zu bringen."

Er stand auf, gab Kate einen Kuss, klopfte Gabriel auf die Schulter und nahm seinen Mantel im Flur vom Haken, als sein Smartphone klingelte.

Kapitel 19

Staatsanwalt Doktor Konstantin Gebhardt musste nicht lange überzeugt werden, einen Durchsuchungsbeschluss für das Haus der Familie Felber auszustellen, obwohl Mike sich sicher war, dass auch die Tochter der Felbers ohne einen Beschluss bereit gewesen wäre, das Haus ihrer Eltern von der Polizei durchsuchen zu lassen, wenn sie damit die Tatsache des Gemeinschaftssuizides entlasten könnte.

Mike war sich der Tatsache durchaus bewusst, dass alle Nachbarn des beschaulichen Vorortes von Plauen registrierten, was jetzt hier geschah, als Karsten Windischs Team mit ihrem gesamten Equipment das Haus betrat.

„Tut mir jetzt den einzigen Gefallen und trampelt mir nicht die wenigen Spuren kaputt, die vielleicht noch da sind", schimpfte Karsten, als er Mike, Marianne und Mary im Wohnzimmer antraf.

„Irgendwo müssen wir doch anfangen", sagte Mike und der Leiter der Spurensicherung drehte die Augen nach oben. „Soll ich nun Spuren sichern oder nicht? Lasst uns machen und kommt wieder, wenn wir fertig sind."

„Das dauert mir alles zu lange", stieß Mike zwischen den Zähnen hervor, denn er hatte wirklich das Gefühl, ihm liefe die Zeit davon.

Ewig konnte er einen Personenschutz rund um die Uhr für Frau Felber nicht aufrechterhalten, nicht bei der dünnen Personaldecke.

Es war schon skurril genug, dass er sein eigenes Zuhause von der Security des Bordellkönigs von Plauen sichern lassen musste. Gott sei Dank hielt sein Team dahingehend dicht, Staatsanwalt Gebhardt schien nichts dabei zu finden und sein Chef war wohl auf diesem Auge ausgerechnet blind.

„Wir sollten Karstens Team wirklich ihre Arbeit machen lassen und uns bei den Nachbarn umhören", wandte Marianne Jäger ein, wie die immer auf eine Lösung bedacht war, die nicht zur Eskalation von Meinungsverschiedenheiten führen sollte.

„Hm", machte Mike nur und ging voran in den Flur, wo er sich der Überschuhe entledigte. Dann traten sie in den winterlichen Vorgarten und trotz der kühlen Temperaturen hatten sich einige Nachbarn auf der Straße oder in deren Vorgärten eingefunden.

Als sich die drei Kriminalbeamten näherten, verschwanden einige blitzschnell in ihren Häusern, aber die meisten blieben stehen, sicher weniger aus Höflichkeit als aus Sensationslust in der Hoffnung, von den Beamten Details über den ungewöhnlichen Auflauf zu erfahren.

Es war Marianne, die zielstrebig auf ein Haus zusteuerte, über dessen Zaun eine Frau mittleren Alters mit einer älteren Frau, die gerade einen Dackel, der ein scheinbar selbstgestricktes Pulloverchen im Weihnachtslook trug, erzählte. Beide verstummten abrupt, als Marianne neben sie trat.

Sie wies sich aus und beugte sich zu dem Dackel, der sie neugierig beschnupperte.

„Na, du siehst ja chic aus", murmelte sie und fing ein strahlendes Lächeln des Frauchens ein. Diese wurde dann aber sofort ernst. „Ist das nicht schrecklich mit den Felbers? Man hat ihnen nie etwas angemerkt, nie", sagte sie und schüttelte bekümmert den Kopf.

„Sie haben wohl Zweifel an der Selbstmordgeschichte?", fragte jetzt die jüngere Frau Marianne geradeheraus, was von der Älteren mit einem scharfen Einsaugen der Luft kommentiert wurde.

„Sie wohl auch, Frau…?", spielte Marianne den Ball zurück.

„Weber, Mia Weber." Sie holte tief Luft und zog die hellblaue Strickjacke enger um ihre molligen Schultern. „Naja, ich weiß ja nicht. Maritta, du kennst sie doch länger, sag du doch mal", wandte sie sich an das Dackelfrauchen. „Also Felbers und Selbstmord, nein, das kann ich mir wirklich nicht vorstellen. Noch dazu, wo sie jetzt erst die Garage neu machen lassen hatten."

Mia Weber lachte auf. „Scheinbar wissen manche Leute wirklich nicht mit ihrem Geld wohin. Die Garagen hier sind alle noch tiptop, obwohl wir sie kurz nach der Wende gebaut haben. Vorher war einfach keine Genehmigung zu bekommen, nicht mal für Familie Felber."

Die Frau zog die Augenbrauen nach oben und warf ihrer Nachbarin einen vielsagenden Blick zu. Marianne sah sie an.

„Warum?", fragte sie und die Dackeldame zuckte

vielsagend die Schultern. „Das waren doch beide Genossen, ziemlich stramme dazu. Ich habe mich trotzdem mit ihnen verstanden, aber man wusste es halt und sagte möglichst nicht zu viel, sie wissen schon."
Sie zwinkerte Marianne zu, die in ihrem Alter war.
„Jedenfalls", kam Mia Weber auf ihr Thema zurück, „waren doch die Felbers auf Teneriffa."
Letzteres betonte sie besonders und Marianne amüsierte sich innerlich über diese Art von Nachbarschaftsklatsch.
„Na eben", wandte die Dackeldame wieder ein. „Sie kamen doch erst vor vier Wochen zurück und dann hatte Karlheinz diese Infektion, wo er ins Krankenhaus musste, aber deswegen bringt man sich doch nicht um?"
„Oder ist da irgendein Tumor entdeckt worden?"
Mia Weber sah Marianne Jäger interessiert an.
Diese schüttelte den Kopf. „Nein, davon ist uns nichts bekannt." Dann wandte sie sich wieder an die Dackeldame. „Und anschließend haben sie die Garage umbauen lassen?"
„Nein." Mia Weber war schneller. „Während sie weg waren, gingen die Arbeiten los, nicht wahr, Maritta?"
Diese nickte eifrig. „Ich war noch sauer, weil die zwei nichts vor ihrer Abreise gesagt haben. Ich meine, wir sind doch Nachbarn." Man merkte ihr die Kränkung immer noch an.
Mia Weber nickte. „Wir dachten schon, es ist alles fertig, nein, als sie wieder da waren, kam kurz darauf so ein Betonmischfahrzeug und weiter ging die

Chose." Entrüstet schüttelte sie den Kopf.

Marianne lächelte den beiden Frauen zu. „Danke, das war sehr aufschlussreich."

Erstaunt sahen sich die beiden Nachbarinnen an.

„Ach ja", murmelte Mia Weber, aber da war Marianne schon über die Straße geeilt. Im Vorgarten der Felbers traf sie auf Karsten Windisch.

„Karsten, nehmt euch unbedingt die Garage vor."

Dieser sah sie verdattert an. Als sie ihm die Erklärung dafür lieferte, grinste er breit und legte ihr eine Hand auf die Schulter. „Nachbarschaftsklatsch wird eindeutig unterschätzt", sagte er und wandte sich in Richtung Garage.

„Ich habe von dieser ganzen verworrenen Geschichte langsam die Nase voll", sagte Mike und sah in die Runde.

Karsten Windisch hob die Hände. „Wir müssen den ganzen Beton entfernen, erst dann kann ich euch definitiv sagen, ob dieser Gerd Seifert wirklich all die Jahre dort vergraben lag. Aber ohne Genehmigung der Staatsanwaltschaft…" Er wedelte mit den Händen hin und her.

„Die bekommen sie, Herr Windisch."

Alle wandten sich abrupt zur Tür. Dort stand Staatsanwalt Gebhardt. Er nickte in die Runde und setzte sich neben Mike. „Wie sicher sind sie sich?", fragte er ihn und Mike deutete auf Marianne, die eine Kurzfassung des Gesprächs mit den beiden Nachbarinnen von Karlheinz und Liselotte Felber wiedergab.

Langsam nickte er. „Also hat Friedrich Mollenhauer die Zeit, die Familie Felber im Urlaub war, genutzt, den toten Seifert auszugraben und auf dem ehemaligen Militärgelände zu vergraben?", fragte er, mit erheblichen Zweifel in der Stimme.

„Mollenhauer wusste, dass er nicht mehr lange zu leben hat", ließ Omar sich vernehmen. „Ich habe endlich seinen Arzt erreicht, der erst wenig auskunftsfreudig war, aber schließlich…" Er lächelte etwas süffisant. „Kurz und gut, Mollenhauer kannte nicht nur seine Diagnose, er kannte auch seine Lebenserwartung."

„Späte Reue?", warf Mary Struwe ein, aber Marianne Jäger schüttelte den Kopf. „Eher späte Rache. Er wollte, dass man die Überreste von Gerd Seifert findet."

Mary schien nicht überzeugt zu sein. „Aber hätte da ein anonymer Hinweis nicht genügt?"

Mike sah zu Staatsanwalt Gebhardt, der langsam den Kopf schüttelte. „Ein anonymer Hinweis auf jemand, der gar nicht vermisst wird? Weder ich noch sonst jemand hätte da seine Zustimmung gegeben, den Boden einer Garage von unbescholtenen Bürgern aufreißen zu lassen. Nein, da ist mir die Tatweise von Friedrich Mollenhauer schon nachvollziehbar."

Er zog die Stirn kraus. „Die Felbers sind in Urlaub, Mollenhauer gräbt die sterblichen Überreste von Seifert aus und vergräbt sie stümperhaft auf dem Truppenübungsplatz. Als Felbers zurückkommen, sehen sie die Bescherung und lassen den Garagenboden neu verfüllen. Sie ahnen oder wissen das es Mollenhauer war. Und weiter?"

Omar rückte in seinem Stuhl nach vorn. „Diese angebliche Magen-Darm-Grippe war ein Fake. Karlheinz Felber simulierte nur und war an Mollenhauers Ermordung beteiligt. Anschließend nahm er wahrscheinlich ein starkes Laxanzium. Daher sah er auch so mitgenommen aus, als ihr bei ihm wart und das er kollabiert ist, könnte sogar echt gewesen sein, aber nicht wegen der Nachricht von Mollenhauers Tod, sondern wegen Volumenmangels."

Zufrieden lehnte sich der Rechtsmediziner zurück.

Mike nickte ihm zu. „So könnte es gewesen sein, das setzt allerdings voraus, dass seine Frau Bescheid wusste. Nun ist aber immer noch die Frage offen, wer hat den Selbstmord von Liselotte und Karlheinz Felber inszeniert?"

Der Staatsanwalt sah zu Omar. „Ist Frau Felber noch immer nicht vernehmungsfähig?"

Der schüttelte den Kopf. „Laut Aussage der Kollegen der Intensivstation ist ihr Zustand stabil schlecht."

„Sie wäre derzeit unsere einzige Hoffnung, Licht in die Sache zu bringen", seufzte Mary.

Mike winkte ab. „Nun ja, ganz so ahnungslos sind wir nicht. Durch Steven Neubauers Recherchen und der Tatsache, dass die beiden Studienkollegen unseres Staatsanwaltes auf ihn, nun ja, etwas Druck ausgeübt haben." Hier lächelte Besagter etwas säuerlich.

„Wissen wir zumindest, das Rechtsanwalt a.D. Robert Fritsch und der ehemalige Stasioffizier Friedrich Baumann etwas damit zu tun haben", fuhr Mike fort.

Staatsanwalt Gebhardt nickte. „Ja und leider haben wir dafür nicht den geringsten Beweis."

Seiner Stimme war anzuhören, wie ärgerlich er darüber war.

„Noch nicht, noch nicht", sagte Mike, mit mehr Optimismus in der Stimme, als er derzeit empfand.

„Dann sehen sie zu, dass sie Beweise finden, und zwar stichhaltige. Weder mit den beiden Seniors noch mit den Juniors ist zu spaßen. Wenn ich sie überführen will, und das will ich, brauche ich glasklare Beweise." Damit erhob er sich. An der Tür wandte er sich um. „Herr Windisch, fangen sie an zu graben, der Beschluss geht ihnen zu."

Als Mike an diesem Abend nach Hause kam, saß
Kates gesamte Familie im Wohnzimmer bei Kerzen-
schein und ihre Tante hatte gerade eine Geschichte
aus ihrer Jugend erzählt, die so komisch war, dass
alle herzhaft lachten.

„Setz dich zu uns, Junge", sagte sie und sah Kate an.
„Mach ihm etwas zu Essen warm, es ist reichlich da."
Als diese sich erheben wollte, winkte Mike ab.

„Ich gehe mich erst frisch machen", sagte er und ging
nach oben. Nachdem er sich ausgezogen hatte und
wieder nach unten kam, hörte er noch immer ver-
gnügtes Lachen aus dem Wohnzimmer.

Er schlüpfte in die Bibliothek und öffnete die Terrassentür. Der Abend war klar, aber kalt und Mascha
schlüpfte an ihm vorbei nach draußen.

„Das ist keine gute Idee", sagte er leise zu ihr. Sie sah
ihn kurz an, um dann schnell im Nachbargarten zu
verschwinden. Dort sprang sie behände auf die Ter-
rasse und Mike sah den Umriss von Ernst Winter, der
die Tür einen Spalt öffnete. Mascha würde jetzt ein
warmes Plätzchen und einen besonderen Leckerbis-
sen genießen.

„Und, noch immer nicht weiter?"

Mike sah im Halbdunklen Kates Cousin in der Tür
stehen. Er schloss die Terrassentür und ging in die
Bibliothek zurück. „Nicht so richtig", sagte er zögerlich.

Gabriel deutete auf einen der Sessel. „Willst du darüber reden? Mike nickte. „Vielleicht hast du noch
eine Idee", sagte er und nahm Platz.

Kapitel 20

„Bingo", sagte Karsten Windisch euphorisch und winkte Mike heran, der im Vorgarten seit gut einer halben Stunde wartete. Halb steif gefroren betrat dieser die mit Planen ausgekleidete Garage und blieb am Eingang stehen. Er beugte sich etwas nach vorn, um den Leiter der Spurensicherung gut zwei Meter unter sich sehen zu können.

„Das war eine richtige Grabkammer hier. Obendrauf war eine Betonplatte, fest verfugt. Und jetzt schau, was wir hier gefunden haben." Er nickte seiner Stellvertreterin zu, die sich die Brille zurechtrückte und Mike einen Spurensicherungsbeutel nach oben hielt. „Das ist eindeutig das gleiche Material, das wir am Skelett von Seifert gefunden haben, Dederon, wie Kate es genannt hat, ein synthetisches Gewebe aus DDR-Zeiten."

Mike, der das winzige Stück verwitterten Stoff betrachtet hatte, reichte den Beutel an Vicky Brauner zurück. „Zu 100%?", fragte er und Vicky nickte. „Natürlich werden wir es noch spurentechnisch abgleichen", wandte ihr Chef ein. „Aber ich denke auch, es besteht kein Zweifel. Das hier war das Grab von Gerd Seifert."

Mike klopfte Karsten auf die Schulter. „Toll", sagte er, dann ging er etwas abseits und rief Staatsanwalt Gebhardt an. Nachdem er ihm die Ergebnisse berichtet hatte, fragte er: „Machen wir es wie abgesprochen?"

Maximilian Krause, Journalist der Freien Plauener Stimme, sah Kate zweifelnd an. „Und Mike hat gesagt, ich soll das so schreiben?", fragte er bereits zum zweiten Mal.

Nachdem er von der Polizei in letzter Minute vor einem schrecklichen Tod durch Verdursten gerettet worden war, schrieb er keinen Artikel mehr über irgendwelche Ermittlungen der Polizei, ohne dies vorher abzusprechen. Mike hatte einmal zu Kate gesagt, er habe das Gefühl ihm sei dadurch ein Stachel aus dem Pelz gezogen worden.

„Ja, hat er", erklärte Kate geduldig. „Wenn die Sache so ausgeht wie wir hoffen, ist für dich auch eine richtig gute Story drin."

Max winkte ab. „Klar und der Pulitzer-Preis winkt schon, hör bloß auf. Ich sehe eher die Gefahr, dass die ganze Sache nach hinten losgeht. Wenn ihr die Leute aufscheucht, die diesen Weihnachtsmann und das Ehepaar umgebracht haben, seid ihr vielleicht selbst eures Lebens nicht mehr sicher."

Kate nippte an ihrem Kaffee. „Das lass mal unsere Sorge sein, ich habe meine Bodyguard, die mich über den Tag begleitet." Sie deutete auf die beiden Männer, die einen Tisch weiter saßen und in regelmäßigen Abständen die Besucher, die die Kaffeerösterei betraten, abscannten, um gegebenfalls sofort reagieren zu können. „Und sogar nachts haben wir unsere Gorillas vorm Haus."

Max schüttelte den Kopf. „Wie lange wollt ihr denn das noch durchziehen?"

„Eben, deswegen müssen wir jetzt in die Offensive gehen und das ist mit dem Staatsanwalt abgesprochen."

Kate streckte sich etwas und sah Max eindringlich mit ihrem FBI-Blick, wie Mike es nannte, an. „Also, machst du es jetzt oder nicht?"

Der Angesprochene warf enerviert die Hände nach oben. „Okay, wenn ich die Polizei zitieren darf, kann mir schließlich keiner was."

„Du bist definitiv raus", beruhigte Kate ihn, die plötzlich verstand, warum Maximilian Krause so verhalten reagierte. Seine Entführung steckte ihm wohl doch noch mehr in den Gliedern als er sich selbst eingestehen wollte, obwohl er sich, auch auf Kates Rat hin, in einer Psychotherapie befand.

Nickend erhob sich der Journalist. „Gut, ich mache mich gleich an die Arbeit. Ich denke, heute Abend geht die Story online."

Kate reichte ihm die Hand. „Danke", sagte sie und er winkte ab. „Ist doch selbstverständlich", sagte er lax.

Gabriel saß am Frühstückstisch und las über das Tablet die Zeitung. Als Kate eintrat, sah er sie lächelnd an. „Guter Artikel", sagte er.

Kate nahm sich einen Kaffee und setzte sich zu ihm. „Ja, Max hat was draus gemacht, das muss man ihm lassen."

Dann deutete sie auf das Geschirr in der Spüle. „Ist Mike schon weg?", fragte sie und ihr Cousin nickte. Sie stieß langsam die Luft aus. „Ich habe so fest geschlafen, dass ich es gar nicht mitbekommen habe, wie er aufgestanden ist."

Nachdenklich sah Gabriel sie an. „Hast du etwas eingenommen?", fragte er, während er das Tablet weglegte.

„Wieso?" Kate sah ihn herausfordernd an.

Ihr Cousin schüttelte langsam den Kopf. „Katherina, wir beide schlafen nicht so fest und so tief, dass uns irgendetwas entgeht. Das haben wir beide von unseren Jobs mitgenommen, habe ich recht?"

Sie atmete zwei Mal ein und aus, dann lehnte sie sich zurück und seufzte. „Du hast ja recht. Die Sache zerrt an meinen Nerven, entschuldige."

Gabriel griff über den Tisch und strich über ihre Hand. „Du musst dich nicht entschuldigen. Wir sind hier und du hast dir das Weihnachtsfest sicher anders vorgestellt als mit Bodyguards rund um die Uhr. Du hast auch Angst das unserer Familie etwas passieren könnte, nicht wahr?"

Sie nickte langsam. Er nahm seine Hand zurück und ließ sich wieder an die Stuhllehne sinken. „Wir haben das gut im Griff. Bisher konnten wir von Mutter alles fernhalten und alle anderen sind solche Situationen gewöhnt, immerhin leben wir in einer ziemlich explosiven Gegend dieser Welt und mein Job, nun ja, er war und ist nicht immer ungefährlich."

Er klopfte mit den Fingern auf das Tablet. „Hoffen wir nur, dass jetzt nichts mehr schief geht und Liselotte Felber bald in Sicherheit ist. Dann kannst du auch wieder ruhig schlafen."

Kapitel 21

Schwester Martina sah auf die große Stationsuhr und schüttelte den Kopf. „Also ich verstehe das nicht, dass die Patientin jetzt so Blitz -Platz nach Leipzig verlegt werden soll, noch dazu schon in einer Viertelstunde." Ihre Kollegin Katja zuckte die Achseln. „Wenn die jetzt eben einen Hubschrauber haben", sagte sie und sah hinüber zu dem jungen Polizeibeamten, der vor der Zimmertür saß und verstohlen auf sein Smartphone schaute.

„Das ist vielleicht ein trister Job", sagte Martina und lächelte ihm zu.

„Noch einen Kaffee?", fragte sie und der junge Mann nickte begeistert. Martina reichte ihm den Becher mit der Aufschrift -*Bitte nicht hetzen-ich bin am arbeiten und nicht auf der Flucht*- und sah auf die Tür, hinter der geschäftiges Treiben herrschte. Frau Doktor Welsch war zusammen mit zwei Rettungssanitätern und einem Arzt, scheinbar aus Leipzig, dabei, die Patientin für den Transport vorzubereiten. Mit dem Krankenwagen würde man sie bis zum Hubschrauberlandeplatz fahren und dort umladen.

Martinas Kollegin Katja war inzwischen in einem anderen Zimmer verschwunden und sie selbst setzte sich wieder an den PC. Eine Nachricht kündigte das baldige Eintreffen des Hubschraubers an.

Martina sah hinüber zu dem jungen Polizist. „Fliegen sie eigentlich mit?", fragte sie ihn, aber er schüttelte

159

den Kopf. „Nein, mein Einsatz hier ist zu Ende, sowie Frau Felber ihr Zimmer verlässt. Bestimmt übernehmen die Leipziger Kollegen dann alles weitere."

In diesem Moment wurde die Zimmertür geöffnet und die Trage herausgerollt. Die beiden Rettungssanitäter schoben sie, während die Ärztin den Arzt, der neben ihr ging, noch mit Informationen versah.

Dann wandte sie sich an den jungen Polizisten. „Sie bringen jetzt Frau Felber zum Rettungswagen und dann zum Hubschrauber." Sie nickte ihm noch einmal freundlich zu und trug das mobile Beatmungsgerät neben der Trage her in Richtung Fahrstuhl. Dort übergab sie alles dem Arzt und verabschiedete ihn mit Handschlag.

Schwester Martina sah dem einen Rettungssanitäter nach, der nicht nur groß und muskulös war, sondern auch faszinierende Augen hatte, die sie über die Maske angestrahlt hatten. Er war genau ihr Typ und sie nahm sich vor, herauszufinden, wer der junge Mann war. Inzwischen war der Fahrstuhl im Erdgeschoss angekommen und der Rettungswagen stand mit geöffneten Türen direkt vor dem Eingang. Während die beiden Rettungssanitäter die Trage hineinschoben und die Hecktür schlossen, trat der Arzt an die Seite und blätterte kurz in den Papieren, die er in der Hand hatte.

Plötzlich spürte er einen Druck in Höhe seiner Niere. „Wenn sie sich nicht wehren, wird niemand etwas passieren", sagte eine dunkle Stimme und ein zweiter, maskierter Mann deutete auf die Tür des

Rettungswagens. „Einsteigen", befahl er.

„Was, was soll denn das?", stammelte der Arzt.

„Wir steigen jetzt da gemeinsam ein und wenn keiner einen Fehler macht, passiert niemand etwas", wiederholte der Mann hinter ihm, während der andere in Richtung Tür ging.

„Machen sie auf", sagte der Mann hinter ihm und der Arzt griff an die Tür. Sie schien zu klemmen.

„Macht ihr mal auf?", rief er mit leicht zittriger Stimme.

„Was?", kam die Frage von innen.

„Aufmachen", sagte der Arzt, allerdings wohl nicht laut genug, seine Stimme flatterte.

„Mach du auf", sagte der Mann hinter ihm zu dem anderen Maskierten und der trat an die Tür und betätigte den Griff, als ihm die Tür direkt ins Gesicht flog. Mit einem Schrei ging er zu Boden, sein Gesicht mit beiden Händen umfassend. Ehe es der Mann hinter dem Arzt registrieren konnte, hatte sich dieser zu Boden geworfen und die Pistole des Angreifers flog durch die Luft, während dieser sich die Hand hielt und langsam in die Knie ging. Der vermeintliche Sanitäter legte seine Waffe weg und sprang aus dem Rettungswagen, während rings umher Einsatzkräfte der Polizei und des SEK auftauchten.

Kilian Brehmer, der Leiter SEK, reichte, während seine Mitarbeiter die beiden Angreifer sicherten, Matt Fisher die Hand. „Präziser Schuss, Respekt", sagte er. Während Matt bescheiden die Schultern zuckte, klopfte ihm Brehmer auf den Rücken.

„Leute wie dich könnten wir brauchen, überleg es dir."

„Wehe, du wirbst ihn mir ab", ließ sich Kate vernehmen, während sie sich die zahlreichen angeklebten Schläuche entfernte, mit der Frau Doktor Welsch aus ihr das Duplikat von Liselotte Felber hergestellt hatte. Mike war jetzt neben sie getreten und schaute sie mit hochgezogenen Augenbrauen an.

„Wenn Gebhardt nicht hinter dieser Sache gestanden hätte, sie würde uns voll und ganz um die Ohren fliegen."

„Warum?", fragte Kate, während sie einen dicken Mantel über das Krankenhemd zog, das sie notgedrungen trug.

Mike, der sah, wie die beiden Verdächtigen, unter heftigen Protesten, in einen Einsatzwagen verbracht wurden, zog Kate in den Vorraum des Krankenhausgebäudes, der noch immer polizeilich abgesperrt war.

„Steven hat sich in das Krankenhaussystem gehackt, dann dein Cousin als Arzt, Matt und Holger als Sanitäter und du als Liselotte Felber, das war ja ein Spezialeinsatz von Schulz Security."

Kate, die noch immer die Schultern frierend nach oben zog, musste lachen.

„Aber der Plan ging doch auf, oder? Und jetzt möchte ich nur noch etwas Warmes anzuziehen, ich friere mir hier wirklich den Allerwertesten ab."

Es war ein Tag vor Heiligabend. Sie saßen gemeinsam im Beratungsraum des Plauener Polizeipräsidiums zusammen, Marianne Jäger hatte selbstgebackene Plätzchen mitgebracht und Mary Struwe hatte unter jeden Kaffeepott eine Weihnachtsserviette gelegt.

Am einem Ende des Tisches saß Omar Amri, am anderen ein sichtlich gut gelaunter Staatsanwalt Gebhardt. Alle anderen hatten sich auf die übrigen Plätze verteilt.

Mike sah auf den Flipchart, an dem Marianne wie immer die wichtigsten Fakten und Verbindungen zusammengestellt hatte. „Möchtest du?", fragte er sie, aber sie schüttelte den Kopf.

„Nein, Mary ist auf dem neusten Stand."

Dieser war anzusehen, wie stolz sie über Mariannes Worte war, also erhob sie sich und trat an den Flipchart.

„Wir wussten bereits, dass Friedrich Baumann der Führungsoffizier von Robert Fritsch war. Aber er war es auch von Friedrich Mollenhauer und Karlheinz Felber. Als sie den BND -Agenten Gerd Seifert alias Gerald Seidel enttarnten, gab Baumann den Befehl ihn zu eliminieren. Laut Liselotte Felber, der es so weit wieder besser geht und die sich sehr kooperativ zeigt, wurde dieser Befehl nicht sofort ausgeführt, es war die Wende, alles war in Auflösung begriffen, die alten Strukturen griffen nicht mehr, jeder hatte Angst. Kurz und gut, Baumann tobte, kam selbst nach Plauen und erschoss Seifert in Felbers Haus, wohin man ihn gelockt hatte. Aber wohin mit der Leiche? Da gerade das Fundament für die Garage der Felbers gegossen wurde, hatten ihr Mann und Friedrich Mollenhauer den Toten in einer Art Gruft gepackt, eine Platte darüber und am nächsten Tag kam der Beton und die Sache war vergessen."

„Scheinbar nicht", wandte jetzt Omar ein. „Denn weder Liselotte Felber schien damit fertig zu werden, dass erst ein Mensch in ihrem Haus erschossen worden war und dann auch noch unter dem Boden ihrer Garage lag, noch Friedrich Mollenhauer, der diesen Mord aus nächster Nähe mit ansehen musste. Er verfiel dem Alkohol."

„Jedenfalls", fuhr Mary fort. „Nach der Wende waren alle gut raus, mit Sicherheit war es Baumann, der alle Akten vernichtet hatte. Aber irgendwann wurde Mollenhauer zum Risiko. Durch seinen exzessiven Alkoholkonsum bestand immer die Gefahr, dass er etwas ausplaudern würde. Eine Verbindung zwischen Baumann, Fritsch und Felber bestand dadurch wieder oder immer noch. Ob Mollenhauer geahnt hat, dass man auch ihn eliminieren wollte oder es wirklich daran lag, dass er wusste, dass er bald sterben würde, das bleibt Spekulation. Jedenfalls nutzte er die Zeit, als die Felbers in Urlaub waren und grub die Überreste von Seifert aus und verscharrte sie stümperhaft auf dem ehemaligen Truppenübungsplatz."

„Wäre es nicht einfacher gewesen, die Polizei zu alarmieren, nachdem er das Skelett freigelegt hatte, ohne das ganze Tamtam?", fragte Vicky Brauner.

Mary zuckte die Schultern. „Keine Ahnung was in ihm vorgegangen ist. Vielleicht wollte er nicht damit in Verbindung gebracht werden, vielleicht hatte er Angst, der Einfluss von Baumanns Sohn gehe so weit, dass man den Fund unter den Teppich kehren würde. An einer so öffentlichen Stelle wäre das schlechter möglich als in einer abgeschotteten Garage."

Sie tippte auf einen der Zettel am Flipchart.

„Als die Felbers aus dem Urlaub zurückkamen, sahen sie die Bescherung. Karlheinz Felber war völlig panisch und rief Baumann an. Der reagierte sofort. Die Grube wurde zugeschüttet und für ihn war klar, dass Mollenhauer verschwinden musste, und zwar schleunigst."

„Aber warum dieses Szenario mit dem Weihnachtsmann?", fragte hier der Staatsanwalt, der bisher schweigend an seinem Kaffee genippt und aufmerksam zugehört hatte.

Mary sah zu ihm hin. „Gerade diese Ungewöhnlichkeit ließ ja auch uns in eine andere Richtung denken. Niemand brachte den Tod des Weihnachtsmanns mit dem Skelett auf dem Truppenübungsplatz in Verbindung und das Mollenhauer mit diesem Gürtel erwürgt worden war, mit dem er seine Adoptivsöhne misshandelt hatte, brachte als erstes diese in Verdacht. Dass die aber so ein gutes Alibi hatten, das war ihnen leider entgangen."

Gebhardt nickte. „Und der Ablauf der Tat?", fragte er weiter.

„Felber hatte sich kurzfristig krankgemeldet, dann hatten Baumann und Fritsch Mollenhauer in seiner Wohnung aufgesucht, wahrscheinlich taten sie so, als wollten sie ihm ins Gewissen reden. Sie mischten dem Alkohol Betäubungsmittel bei und flößten ihm noch weiteren hochprozentigen Alkohol ein. Inzwischen räumten sie seine Wohnung auf und hinterließen keine Spuren. Als sie schließlich als drei Weihnachtsmänner in Richtung Weihnachtsmarkt liefen, hätten sich eventuelle Zeugen nur an ein Trio erinnert, wobei der eine Weihnachtsmann ziemlich gestützt werden musste. Alle hätten gedacht, sie kämen von einer feucht-fröhlichen Feier. Felber hatte inzwischen die Security abgelenkt, in dem er Mollenhauer imitierte, inklusive Alkoholfahne. Bis zum Schluss gingen sie kein großes Risiko ein, weil sie zu jeder Zeit hätten abbrechen können und niemand wäre stutzig geworden."

Mary nahm ein Glas Wasser und trank einen großen Schluck.

„Und wer hatte die Felbers auf dem Gewissen?", fragte hier Omar.

Mary stellte ihr Glas wieder ab. „Baumann. Karlheinz Felber wurde für ihn zum Risiko, zumal jetzt die polizeilichen Ermittlungen immer näherkamen. Felber war es auch, der den Schuss auf Mikes und Kates Haus abgefeuert hat, weil es Baumann von ihm verlangt hatte. Das machte ihn noch zusätzlich fertig, sagte mir Liselotte Felber. Er war nahe dran zur Polizei zu gehen und das ahnte Baumann. Das sein Sohn bei Staatsanwalt Gebhardt interveniert hatte, erwies sich als verhängnisvoller Fehler, da sich dieser nicht einschüchtern ließ."

Sie warf Gebhardt ein Lächeln zu, das dieser erwiderte. „Also nahm er Liselotte Felber als Druckmittel, dass Felber den Abschiedsbrief schreibt."

„Aber ihm muss doch klar gewesen sein, dass er und auch seine Frau nicht mehr lebend aus der Sache herauskommen", warf hier Karsten Windisch kopfschüttelnd ein.

„Ja, aber er hat ihm gedroht, seine Frau zu foltern, da hat er alles getan, um ihr das zu ersparen."

Es war Kate, die jetzt die weiteren Erläuterungen übernahm.

„Laut Liselotte Felber hat Baumann sie beide mit der Waffe bedroht, aber sie dann ihr die ganze Zeit an den Kopf gedrückt, daher die Stanzmarke am Haaransatz. Ihm war das ziemlich egal, bei einem Suizid würde es keine Autopsie geben. Beide mussten Wasser mit den Betäubungsmitteln trinken, dann hat er sie in die Garage geführt und in das vorher präparierte Auto gesetzt. Wie sie selbst aus dem Auto gekommen ist, weiß Liselotte Felber allerdings nicht mehr."

Eine Weile war Stille im Beratungsraum, dann sah Gebhardt zu Kate. „Sie sollten auch noch den Rest der Geschichte erzählen, immerhin war es zum Großteil auch ihre Idee."

Kate wog den Kopf langsam hin und her. „Ich würde sagen, eher Teamwork, aber gut."

Sie räusperte sich. „Wir mussten Baumann und Fritsch aus der Reserve locken. Also habe ich Maximilian Krause, den Journalist der Freien Plauener Stimme, mit ins Boot geholt. Er schrieb einen Artikel, immer mit dem Hinweis, diese Informationen von der Polizei direkt zu haben, dass man dort inzwischen Zweifel am Suizid der Familie F. habe und Frau F. allerdings nicht vernehmungsfähig sei, aber bald in eine Spezialklinik überstellt werden würde, wo man sich einen schnellen Genesungsfortschritt erhoffen würde. Damit war die Saat ausgebracht. Steven hat sich inzwischen, mit Wissen von Herrn Doktor Gebhardt und dem Administrator der Klinik ins Kliniksystem eingehackt. Einmal, um zu sehen, dass Baumann oder Fritsch das ebenfalls taten und um im geeigneten Moment gezielte Falschmeldungen zu platzieren. Genau so kam es. Steven fand ihre digitale Spur und damit begannen unsererseits die Falschinformationen. Ein Hubschrauber, der niemals starten würde, ein Rettungswagen, den wir uns ausgeliehen und entsprechend präpariert hatten. Nur Frau Doktor Welsch war involviert, jede weitere Person hätte ein zusätzliches Risiko bedeutet. Sie hat mich in dem Zimmer präpariert, während Liselotte Felber nach wie vor in ihrem Bett lag und von der ganzen Aktion nichts mitbekam.

Meinen Cousin Gabriel haben wir als Arzt und potenzielles Opfer ausgewählt, weil er Krav Maga im 8. DAN besitzt. Er hätte Baumann ohne Zögern entwaffnen können, aber dazu sollte es nur im Notfall kommen."

Hier brach Kate ab und sah zu Gebhardt, der sich seinerseits leicht räusperte.

„Er ist ausländischer Staatsbürger und seine Beteiligung hätte zu Verwicklungen führen können, die dem Herrn Oberstaatsanwalt Baumann in die Karten gespielt hätten, daher schien es uns ratsam, dass er wirklich nur im äußersten Notfall eingreift."

Mike musste hinter vorgehaltener Hand schmunzeln, lauschte dann aber weiter Kates Ausführungen, an deren Lippen die anderen Anwesenden faktisch klebten.

„Nachdem Fritsch die Tür gegen das Gesicht bekommen und sich eine Nasenbeinfraktur zugezogen hat, die ihn Schachmatt setzte, hat mein Cousin sich fallen lassen und Matt hat Baumann die Waffe aus der Hand geschossen." Sie lächelte in die Runde und lehnte sich zurück.

„Alter Schwede, das ist ja richtig harter Tobac", sagte Karsten Windisch.

Kate winkte ab. „Das SEK hatte die Umgebung abgesichert, das Risiko also ziemlich überschaubar."

Der Leiter der Spurensicherung schüttelte den Kopf. „Wenn du meinst", murmelte er.

Gebhardt seinerseits erhob sich. „Ich möchte ihnen allen ganz herzlich für den Einsatz danken, richten sie das bitte auch ihrem Cousin aus, Frau Schulz. Zwar sind Baumann und Fritsch nicht geständig, aber aus der Sache kommen sie nicht mehr heraus. Oberstaatsanwalt Baumann ist bereits von seinem

Posten beurlaubt worden."

Sein Gesichtsausdruck bei dieser Aussage sagte alles. „Also dann, frohes Fest", sagte er abschließend und verließ den Beratungsraum.

Kapitel 22

„Eine himmlische Ruhe", sagte Kate und nahm sich ein Brötchen aus dem Korb, den Mike ihr hinschob. Mascha lag zusammengerollt auf dem Fensterbrett und schaute mit einem Auge kurz in das Schneetreiben vor dem Glas, um dann wieder in ein wolliges Schnurren zu verfallen. Kate nahm noch einen Schluck Kaffee und gähnte verhalten. Sie war am Silvestertag aus Berlin zurückgekommen, wo sie drei Tage mit ihrer Familie verbracht hatte. Ihre Tante Sarah war auf den Spuren ihrer Vergangenheit unterwegs gewesen. Dann hatte Kate ihre Familie noch zum Flughafen begleitet und war von dort direkt mit dem Zug nach Hause gefahren. Abends hatte es dann wieder bei Omar und Jasmin eine rauschende Silvesterparty gegeben und sie waren erst nach drei Uhr morgens nach Hause gekommen. Jetzt war es Mittag und sie genossen das gemütliche Frühstück zu zweit. „So schön Familie auch ist, ich bin froh, dass wir wieder allein sind", sagte Kate und schenkte Mike noch ein Glas Orangensaft ein. Er lächelte sie an und wollte etwas sagen, als Kates IPhone den Eingang einer Nachricht anzeigte. Sie nahm es, las und grinste breit. Mike sah sie fragend an und sie legte das IPhone aus der Hand.
„Eine Nachricht von Bogdan. Er hat Kristine einen Heiratsantrag gemacht und sie hat ja gesagt."

Nachwort:

Ich hoffe, Ihnen hat auch der 19. Band rund um Kate Schulz gefallen. Es ist wieder eine Weihnachtsausgabe und dieses Mal war der Plauener Weihnachtsmarkt der Schauplatz, natürlich mit einigen kleinen Veränderungen.

Wir haben zwar eine sehr schöne Pyramide vor dem Alten Rathaus stehen, aber so groß ist sie dann doch nicht, dass ein erwachsener Mann darauf sitzen könnte.

Die von mir geschilderten Geschichten, Einrichtungen und Menschen sind wie immer fiktiv. Allerdings sind die Straßen und Plätze und viele der erwähnten Gebäude in meiner Heimatstadt Plauen real, wie zum Beispiel die Plauener Kaffeerösterei und ihr Besitzer Daniel, der so freundlich ist, mir zu gestatten, Teile meiner Geschichten in seinen Räumen anzusiedeln, das gleiche gilt für das Kaffeehaus Müller (mein Lieblingskaffee).

Ich danke Ihnen und Euch für die Lesertreue und auch für das Feedback, das mir immer wieder gegeben wird. Es sind sogar meist Anregungen dabei, die ich zum passenden Zeitpunkt einfließen lassen werde, versprochen!

Zur Autorin:

Annette G. Krupka wurde in Plauen geboren.
Sie besuchte hier die Schule, lernte Krankenschwester, studierte später Pflegemanagement, erwarb einen Masterabschluss und ist als freiberufliche Unternehmensberaterin tätig.
Heute lebt sie in einer Thüringer Kleinstadt und hat ein Fachbuch zum Thema Pflege veröffentlicht.
„Weihnachtsmanntod" ist der neunzehnte Teil um die ehemalige FBI-Agentin Kate Schulz.
Bisher erschienen sind:

Lebensborn
Golem
Entführt
Methusalem
Filmriss
Virus
Engelsflug
Würgemale
Verlassen
Culpa
Phobie
Stollentod
Klassentreffen
Game
Nemesis
Rauhnacht
Marianne
Verschwunden

Weitere Folgen sind geplant.

Liebe Leser, danke, dass Sie Kate Schulz bis zum Ende des neunzehnten Falles gefolgt sind.

Sind Sie neugierig, wie es weiter geht mit Kate Schulz???
Bald ist es so weit:

Kate Schulz 20 – „Abgetaucht"

Während Katherina „Kate" Schulz auf dem Weg zum Flughafen ist, erreicht sie die Nachricht, dass die Verlobte von Bogdan Serwowitsch vermisst wird.
Kein Fall für die Polizei, denn nichts deutet auf eine Entführung hin, wie Serwowitsch vermutet, eher auf ein freiwilliges Untertauchen von Kristine Domatsch. Hat sie kurz vor der Hochzeit mit dem „Bordellkönig von Plauen" kalte Füße bekommen?
Hauptkommissar Mike Köhler sind die Hände gebunden, zumal er in einigen Fällen von mysteriösen K.O.-Tropfen-Vergiftungen ermittelt, die in keinem Zusammenhang zu stehen scheinen.
Aber Kate Schulz und ihr Team zögern keine Sekunde, Bogdan Serwowitsch zu helfen. Für sie ist klar, Kristine Domatsch befindet sich in Gefahr, vielleicht sogar in Lebensgefahr.

Leseprobe „Abgetaucht"

Chris Töpfer begann gerade damit die Einsatzplanung für Matt, Marcus und Holger zu erstellen, als er feststellte, dass sie dringend personell expandieren müssen. Kate, seine Chefin, ließ ihm dabei freie Hand, inzwischen war er nicht nur für die Einsatzplanung, sondern auch für die Personalakquise zuständig. Lediglich bei den Einstellungsgesprächen wollte sie dabei sein.

Er trommelte langsam mit den Fingern auf das Holz seines Schreibtisches. Dann stand er auf und ging zur Tür. „Maria, kannst du bitte einmal kommen, ich…" Er brach ab, als er den Besucher wahrnahm, der neben Marias Tresen stand und sich mit dieser leise unterhielt. „Herr Serwowitsch, guten Tag, Kate ist nicht da, sie ist auf dem Weg zum Flughafen. Aber kann ich ihnen vielleicht irgendwie weiterhelfen oder wollen sie Maria besuchen?"

Maria kam ebenfalls aus Serbien und ihr Vater war ein guter Freund von Bogdan Serwowitsch, der sich leider mit den falschen Leuten abgegeben und jetzt eine mehrjährige Gefängnisstrafe abzubüßen hatte. Marias deutsche Mutter war schon lange tot und so hatte sie niemand mehr und Serwowitsch nahm sich ihrer an und hatte Kate damals gebeten, sie auf Probe einzustellen, als sie dringend jemand für den Bereich Rezeption suchte. Aus dem Probearbeiten war eine Festanstellung geworden und niemand im Team wollte Maria mehr missen.

Bogdan Serwowitsch kam auf Chris zu und reichte ihm die Hand. „Hallo Chris und bitte, Bogdan."
Dieser nickte erfreut und bat ihn in sein Büro.
Äußerlich hätte man den Mann, der allgemein als der „Bordellkönig von Plauen" bezeichnet wurde, eher für einen Topmanager gehalten, schlank, immer korrekt elegant -zurückhaltend gekleidet, mit tadellosen Manieren, unterschied er sich von den prollhaften Etablissementbesitzern, die man aus den Medien kannte.
Chris hatte ihm einen Platz an dem kleinen Tisch unter dem Fenster angeboten, von wo man einen guten Blick auf die Neundorferstraße hatte. Nachdem er Bogdan Kaffee angeboten hatte, sah er ihn auffordernd an. Er bemerkte erstaunt, wie der sonst so eloquent wirkende Serwowitsch sichtlich nach Worten rang. „Meine Verlobte ist verschwunden", sagte er schließlich knapp.
„Wie, verschwunden?", fragte Chris nach und merkte erst, nachdem er es ausgesprochen hatte, wie dämlich es klang. Serwowitsch schien das nicht so zu empfinden. Er holte tief Luft.
„Kristine war erst nicht mehr telefonisch oder via WhatsApp erreichbar. Das ist untypisch für sie. Also bin ich zu ihrer Wohnung gefahren. Ich habe gesehen, dass sie mindestens einen Koffer mitgenommen hat, aber keine Nachricht, nichts."
Chris runzelte seine Stirn. „Und ihr Hund?"
„Kruste ist in der Tierpension, wo sie ihn unterbringt, wenn sie länger nicht da ist. Die Besitzerin, die

Kristine auch privat kennt, sagte, sie habe eine
Whatappnachricht von ihr bekommen, sie müsse
dringend weg und sie solle Kruste zu Hause abholen.
Ebenso die Pflegerin ihrer Mutter, auch sie bekam
eine Whatappnachricht. Das ist nicht Kristines Stil,
aber niemand will mir das glauben." Chris sah ihn
sinnend an. „Darf ich dich etwas fragen?"
Serwowitsch nickte. „Habt ihr euch gestritten, gab es
in letzter Zeit Differenzen?"
Chris Gegenüber schüttelte den Kopf. „Nein, nichts.
Auch wenn wir einmal nicht gleicher Meinung sind,
klären wir das wie zivilisierte Menschen."
Er lächelte etwas. „Weder Kristine noch ich sind ein
großer Freund irgendwelcher dramatischer Szenen."
Chris nickte. „Hast du mit Mike gesprochen?"
Bogdan Serwowitsch zog die Stirn kraus. „Natürlich.
Aber er kann nichts machen. Kristine ist ein erwach-
sener Mensch und kann abtauchen, wenn sie das
möchte, seine Worte. Außerdem hat er zurzeit wohl
alle Hände voll mit einem anderen Fall zu tun."
Er holte tief Luft und schwieg.
Chris erhob sich. „Natürlich helfen wir dir, ich werde
als erstes Steven Bescheid sagen, er wird sich mit dir
in Verbindung setzen. Er ist einsame Spitze darin, digitale Spuren zu finden."
Auch Bogdan erhob sich und reichte ihm die Hand.
„Danke", sagte er schlicht. Als er gegangen war, kam
Maria herein. Sie trat neben Chris ans Fenster und
sah, wie Bogdan Serwowitsch mit seinem Bodyguard
in sein Auto einstieg.

„Wirst du ihm helfen?", fragte Maria leise. Besorgnis schwang in ihrer Stimme mit.

Chris nickte langsam. „Ich habe das Gefühl hier stimmt etwas ganz und gar nicht."

Entschlossen nahm er sein Smartphone vom Tisch.

„Was soll`s, ich rufe Kate an", sagte er.